BANCO
CEMITÉRIO
PRÉDIO
BIBLIOTECA
PLACA
PATROCINIO
BAIRRO NOVA CINTRA
BAIRRO BETANIA

FICHA CATALOGRÁFICA

Dados Internacionais de Catalogação na Publicação (CIP)
(Câmara Brasileira do Livro, SP, Brasil)

Sypriano, Lilian
Sobressalto! / Lilian Sypriano; ilustrações Cláudia Jussan. – São Paulo: Formato Editorial, 2000 – (Coleção Adrenalina)

ISBN 978-85-7208-262-4

1. Literatura infantojuvenil. I. Jussan, Cláudia. II. Título. III. Série.

00-0255 CDD-028.5

Índices para catálogo sistemático:
1. Literatura infantil 028.5
2. Literatura infantojuvenil 028.5

4ª edição
6ª tiragem, 2014

COLEÇÃO
ADRENALINA

LILIAN SYPRIANO

SOBRESSALTO!

Conforme a nova ortografia

CLÁUDIA JUSSAN
Ilustrações

Formato

Para
Antonio Floriano dos Santos,
com amor.

Você certamente conhece livros em que VOCÊ determina o andamento da história. Este é um deles.

No entanto, se não conhece e não sabe o que deve fazer, tudo bem: leia a página 116 do livro, onde vai encontrar um texto com instruções. Depois, volte pra cá.

A partir de agora, você vai viver uma aventura. VOCÊ é o personagem. Tudo o que acontecer estará acontecendo com VOCÊ. Preste atenção nas suas escolhas, olhe bem para os lados e, acima de tudo, mantenha a calma. Se achar que as coisas estão esquisitas, não esquente: marque a página e feche o livro. Depois, um pouco depois ou muito depois, quando estiver legal, volte à leitura.

Espero que você não sofra do coração nem seja muito impressionável. Se for, não é conveniente ler este livro. Vá até a livraria e troque-o por outro.

Bem, estou dizendo "tchau", desejando que você tenha bons momentos durante a leitura e, também, que tenha MUITA SORTE, porque acho que você vai precisar.

No final, a gente se encontra.

Ah, quase esqueci: na página 118 tem um HELP pra você. Caso não saiba o significado de alguma palavra, não se acanhe, dê uma passadinha por lá, ok?

Um abraço da

Titiana Cipriano

Primeiro, queria sugerir algumas coisas para você, em caso de necessidade. Pode até parecer bobagem minha, mas, ao longo da leitura, você vai ver que não é.

Vamos lá?

COISAS MUITO ÚTEIS PARA VOCÊ TER:

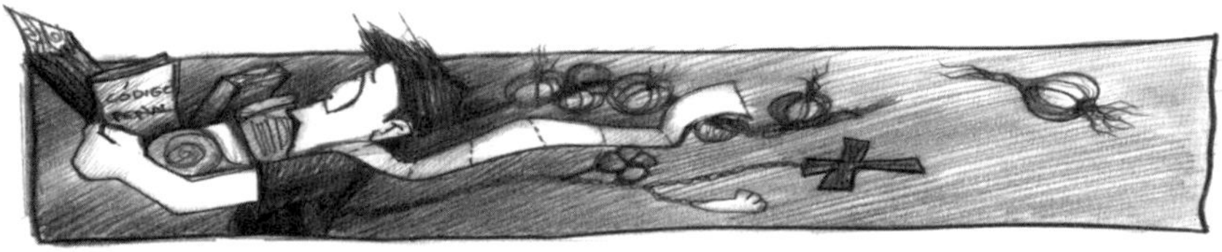

1. Copo com água, se possível com açúcar.
2. Lenço (pode ser de papel).
3. Código Penal.
4. Pacote de biscoitos (da sua preferência).
5. Medalha, crucifixo, talismã ou amuleto da sorte.
6. Estaca de madeira e dentes de alho.

COISAS CONVENIENTES:

1. Moeda (de qualquer valor ou tipo).
2. Adultos por perto, se prometerem ficar em silêncio.
3. Marcador de livro (para eventuais interrupções).
4. Agasalho (para o caso de sentir calafrios).

COISAS PARA EVITAR:

1. Ler estando sozinho em casa.
2. Ler numa sexta-feira 13, lua cheia, mês de agosto.
3. Ler à luz de velas ou lampião.
4. Ler num cemitério ou necrotério.

COISAS ABSOLUTAMENTE DESNECESSÁRIAS:

1. Caneta e bloco para anotações.
2. Bússola, canivete ou espingarda de ar comprimido.
3. Uniforme do exército da salvação.
4. Pata de coelho (se trouxesse sorte, o bichinho não teria perdido uma das quatro).

OK, as dicas estão aí. E você pode, finalmente, começar. Desejo a você, mais uma vez, BOA SORTE.

Hoje é segunda-feira, 29 de agosto, e como não teve aula no colégio, por causa do conselho de classe, você pode se dar ao luxo de não fazer nada. Tem o dia livre, todinho pra aproveitar, isto é, depois de cumprir as tarefas que seu pai lhe deu. Você se espreguiça na cama, se encolhe, se estica e tenta organizar mentalmente os seus compromissos. Do primeiro deles você vai escapar, porque a Zulmira não vai resistir ao seu charme e vai limpar-arrumar-guardar a bagunça do seu quarto. Mas os outros, não tem jeito, você vai ter que encarar. Então, é melhor tomar logo seu café da manhã e sair a campo. Quanto mais rápido você se desvencilhar deles, mais tempo vai sobrar pra não fazer nada. Você vai ao banheiro e dá uma boa conferida na sua imagem no espelho: seu cabelo continua arrepiado, não é? E isso faz você lembrar dessa mesma cena, acontecida quando passou as férias na casa da tia Eva. As lembranças ainda estão "vivinhas da silva" na sua memória. Você entra na cozinha e, depois de conseguir com a Zul que ela dê uma geral nas suas coisas, senta-se à mesa, pronto para saborear seu chocolate gelado e seu pão com manteiga e açúcar. Distraidamente, seu olhar vaga pela cozinha, até se deter no calendário da parede, que registra: agosto, 29. Caramba! Hoje faz exatamente um mês que tudo aconteceu. Como o tempo voa! Há trinta dias você viveu uma experiência trepidante, que deixou seu CORAÇÃO ACELERANDO. Mas não dê importância a isso. Coincidência, nada mais que isso. Afinal, diz a sabedoria popular que um raio não cai duas vezes no mesmo lugar, certo?

Certo. Além do mais, você não está no interior, isto aqui é uma cidade grande, cheia de poluição, assaltos, carros barulhentos, sirenes, gente por tudo quanto é lado. Vai ser difícil você ficar sozinho num lugar como este, super-habitado. Ou não? Mas você não vai ficar pensando em coisas passadas, porque tem tarefas a cumprir. Você termina de comer, veste uma bermuda maneira e uma camiseta meio amassada e calça aquele tênis de marca, que você adora e que provoca uma poluição ambiental cada vez que tira dos pés. Pega o carnê de pagamento do computador que seu pai lhe deu de presente, o cartão do banco para sacar dinheiro e o livro que sua mãe lhe pediu para devolver na biblioteca, dá um tchauzinho pra Zul e sai de casa. O elevador está no 13º andar e você aperta o botão de chamada insistentemente. O tempo passa e ele não desce. Isso deixa você impaciente. Algum idiota deve estar mantendo a porta aberta. E você torna a se lembrar do dia 29 de julho. Um friozinho percorre a sua espinha. Você sacode a cabeça e prepara as pernas para descer onze andares pela escada de incêndio. Quanto mais depressa você sair do prédio, melhor. Já na rua, mais aliviado, você olha pro céu e vê que não tem nenhuma nuvem, umazinha que seja, sujando aquele azul. Portanto, nenhuma chance de chuva, menos ainda, de tempestade. Assim sendo, raios estão fora daqui. Será? Duas quadras adiante, o cruzamento bem sinalizado faz você parar e refletir sobre o que vai fazer primeiro. Enquanto o sinal de pedestres não fica verde, você decide. O carnê está enfiado no cós da bermuda; o cartão do banco está no bolso; o livro, debaixo do braço; e o endereço do doutor Roberto, mais que registrado na cabeça. Há um ano que você vai lá toda semana para apertar o aparelho corretivo dos dentes. E ele é um cara superlegal, engraçado, contador de histórias. É um programão ir ao dentista. Mas, em compensação, ir até a loja e enfrentar aquela fila pra pagar a prestação é uma chatice. Já na biblioteca é legal,

você sempre aproveita pra dar uma olhada nas estantes, pra ver se tem alguma coisa que lhe interessa.

O sinal finalmente abre e o guarda de trânsito apita, braços abertos indicando que todos podem atravessar com segurança. E é aqui que a gente dá uma PARADA TÉCNICA, até porque, depois de alcançar o outro lado da rua, você tem que decidir onde vai primeiro.

Olá, é bom (re)encontrar você. Você tem coisas a fazer, certo? Então sugiro que, agora que está a salvo na calçada, decida logo e faça uma escolha; se ficar enrolando, não vai ter todo aquele tempo livre pra não fazer nada, que é exatamente o que você mais gosta de fazer na vida, não é? Então, tome seu rumo.

Você faz a sua primeira escolha e passa para a FASE 2.

- Se você decide ir primeiro pagar a prestação, que é a coisa mais chata do mundo, vá para a página seguinte e BOA SORTE! Ah, não esqueça que, antes, tem que entrar no banco e retirar o dinheiro com o cartão do seu pai, certo?

- Se você acha melhor ir até a biblioteca, devolver o livro e dar uma olhada nas novidades, então vá para a página 19.

- Se quiser ir ao dentista pra começar o dia rindo das palhaçadas que o doutor Roberto diz, então siga até a página 25. Só devo avisar que, como sempre, você esqueceu de escovar os dentes antes de sair. Já sabe que o doutor vai "rezar" no seu ouvido, não sabe?

- Se você está em dúvida, pode usar a moeda do *Coisas convenientes* e resolver no cara ou coroa.

Você segue para o banco para retirar o dinheiro e enfrentar a maldita fila na loja de eletrodomésticos. Acho que você fez muito bem. Assim você fica livre da coisa desagradável de uma vez.

Você anda rapidamente em direção ao banco e, pouco tempo depois, está diante da cabine de vidro com a porta fechada. Pegando o cartão no bolso da bermuda, você o coloca no lugar apropriado e o passa vagarosamente da esquerda para a direita, até ouvir um estalo e perceber que a porta se destrancou. Ótimo, funcionou direitinho. Você empurra a porta e ela se fecha atrás de você, com outro estalido. Diante de seus olhos, uma tela de computador mostra o logotipo do banco e saúda você, em letras brilhantes e coloridas, com um bom-dia. Pede, em seguida, que você coloque o cartão na abertura ao lado. Depois, pede que escolha a opção desejada. Você escolhe: SAQUE. Pergunta se é saque em conta corrente e você aperta a tecla confirmando. Aí o computador pede que você digite a senha. Isso você faz bem devagar, pra evitar errar e ter que recomeçar. ******. Pronto. Agora ele pergunta quanto você quer sacar e você, na maior atenção, digita a quantia. A máquina faz uns barulhos, fica quieta um tempinho e, logo depois, como num passe de mágica, algumas notas caem numa caixinha diante de você. Ela avisa para recolher o dinheiro. Você guarda o dinheiro no bolso e se prepara para pegar o seu cartão, isto é, o cartão do seu pai. E, aí, surge um pequeno problema. A máquina avisa para retirar o cartão, só que ele não está à vista. Você fica preocupado, dá um soco na máquina, mas nada do cartão aparecer.

Outros socos e nada. Já sentindo uma ligeira dorzinha de barriga, você pega o telefone que fica pendurado ao lado e aguarda alguém atender o seu chamado. Segundos, minutos, e nada. Mudinho, mudinho. Você não sabe o que fazer. Dá outros socos na máquina, mas ela fica na mesma. Na tela, a mensagem continua piscando: RETIRE O SEU CARTÃO. Mais uma série de pancadas, e a tela muda para a mensagem: BOM DIA, COLOQUE SEU CARTÃO NA ABERTURA AO LADO, ou seja, ela está pronta pra fazer uma nova operação, como se nada de errado tivesse acontecido.

Você olha para o lado de fora da cabine e vê uma fila imensa, todos olhando com cara amarrada para você. Você abre a porta e explica o que aconteceu e alguém diz que a máquina "comeu" o seu cartão. Pra não se preocupar porque, no fim do dia, um funcionário recolhe todos os cartões comidos pela devoradora de plástico e, depois, devolve aos respectivos donos pelo correio.

Se é assim, você pensa, já que está com o dinheiro pra pagar a prestação, o melhor é sair dali.

Você sai andando devagar, um pouco preocupado, tentando mentalmente uma boa explicação para dar ao seu pai logo mais à noite. E está assim, absorto em pensamentos, quando escuta um grito desesperado, seguido de outros irados e de um barulho seco, que até parece de tiros.

Instintivamente, você se joga no chão. E, assim como você, muitas outras pessoas. Três rapazes têm a infeliz ideia de escolher exatamente o pedaço de calçada que você escolheu primeiro e, por causa disso, caem sobre você. Antes que você conseguisse articular uma única palavra pra reclamar com eles, vê, olhos arregalados, dois policiais fardados, armas apontadas para a cabeça de vocês.

Aos gritos, os policiais mandam vocês se levantarem com as mãos pra cima: "Perdeu, vagabundo, perdeu!".

Logo uma sirene nervosinha se faz ouvir, gritando aquele *uau-uau-uau-uau-uau* insuportável, apavorante e agourento, com aquelas luzes azuis rodopiando no teto do carro.

Vocês quatro se levantam e são cercados pela população que, a essa altura, também se levantou quando percebeu que o perigo havia passado.

Será que esses seres ávidos por justiça vão linchar vocês?

A viatura policial para ao lado de vocês e dela saltam três policiais. Um deles abre a parte de trás e ordena:

– Na caçapa, os quatro!

Você fica indignado: como é que é? Os quatro? Que quatro? Os três. Por que motivo você vai entrar numa caçapa de camburão e dar um passeio acompanhado de um trio de marginais? Você não fez nada.

Eu sei que você está de otário nessa história, mas é melhor não discutir com eles, certo? Entre logo e não discuta.

Numa fração de segundo, vocês são – delicadamente – jogados lá dentro e a tampa do porta-malas é batida com estrondo. Um cadeado é encaixado numa trava e fechado. O "clique" que ele faz tem som de "dançou, neném".

A viatura sai voando. Você sacoleja feito gelo no liquidificador, a sirene faz um barulho ensurdecedor, e a cada freada brusca seu estômago vai parar na garganta. O elemento ao seu lado escorrega no confortável banco de metal e, vira e mexe, é arremessado em cima de você.

Passeio animado, hein?

E aqui a gente faz uma outra...

Acho que você já percebeu que entrou numa furada – ou não? Sabe pra onde é que você está sendo levado? Acertou. Pra uma delegacia de polícia. Se tem aquele lenço do Coisas muito úteis, pode secar o suor do rosto. Tem aí aquele Código Penal? Legal! Dê um pulinho no título "Crimes contra o patrimônio", art. 157, e dê uma lida. Só pra sentir de leve o que espera você.

Amigão, lamento informar, mas "seu jipe agarrou no atoleiro!".

Respire fundo, pense positivo e vire a página. Quem sabe as coisas não melhoram, hein?

Você faz a sua segunda escolha e vai para a FASE 3.

- Se acha que a situação pra você está malparada, pois está preso a caminho de uma delegacia e, provavelmente, vai ser difícil sair dessa, vá para a página 74 – e eu lhe desejo MUITO BOA SORTE.

- Se você pensa que esse mal-entendido vai ser esclarecido – ou resolvido – tão logo você chegue à delegacia, então, meu caro otimista, vá para a página 29.

- Se você se arrependeu de ter decidido ir primeiro pagar a prestação e quiser fazer nova escolha, volte à página 13. E então...
  ... tchan, tchan, tchan, tchan!

Neste exato momento, você sumiu da caçapa do camburão. Os tiras não vão entender por onde, como e quando você fugiu. Mas fique esperto porque, a partir de agora, você é um PROCURADO PELA POLÍCIA (Na página 117 tem uma moldura esperando a sua foto). Se é isso que você quer, vá em frente.

Você está perto da biblioteca e segue andando, cuidando para não pisar em alguns daqueles milhares de buracos e desníveis que as obras da cidade deixaram em toda parte – ou num daqueles "descomes" que os cachorros fazem e seus donos convenientemente se esquecem de recolher.

Dois quarteirões depois, você está diante do prédio imponente da Biblioteca Municipal, recém-pintado de rosa-bebê. A cor é ridícula, todo mundo acha, mas pelo menos agora ele está bem-cuidado.

Você sobe os cinco degraus, empurra a porta de vidro e sente no corpo aquele friozinho artificial e gostoso produzido pelas máquinas de ar-condicionado funcionando a todo vapor.

Chega ao balcão e faz um *hum-hum* quase inaudível, pra chamar a atenção de dona Wilma, que está distraída retirando folhinhas murchas de uma violeta na janela. Ela sorri, dá uma última olhada na planta e vai até você. Pega a sua ficha, que na verdade é, também, de toda a sua família, e faz a anotação de devolução do livro. Toma o livro e anota nele a data da entrega. E fala baixinho, como se fala em toda biblioteca, que chegaram uns livros novos de terror, gênero do qual você é fã de carteirinha, e que eles estão lá no fundo, na fileira D, última estante, perto da porta de saída de emergência.

Você fica eufórico. Quem sabe não chegou aquele livro de Stephen King que você está louco de vontade de ler?

5 6 7 8 9 10 11 12 13 14 15 16
LIVRO 7
LIVRO 6
LIVRO 5
LIVRO 4
LIVRO 3
LIVRO 2
LIVRO 1
1 2 3 4 5

O mais silenciosamente possível, você anda-corre até lá, o coração inundado de esperança. Os livros de Steve O., como você sabe que ele é chamado na intimidade, ficam na terceira prateleira de cima para baixo, exatamente na altura dos seus olhos. Você para diante dela e procura, virando a cabeça sobre o ombro, para conseguir ler os títulos nas lombadas. Então, uma coisa surpreendente acontece. Bem ali, entre vários títulos do seu autor favorito, um outro "Um Estranho no Ninho", de um autor de quem você nunca ouviu falar, se destaca. Você aproxima os olhos e lê: O VERDADEIRO TERROR e, em letras menores: "autor anônimo". Caramba, que coisa estranha! Como é que alguém que escreve e publica um livro prefere ficar no anonimato? Aquilo atrai sua atenção. Parece que uma força impele você a tocar naquele livro. Sem resistir, você retira o volume da estante e olha a capa: letras douradas sobre uma capa preta se destacam, novamente informando o nome, ou melhor, o não nome do autor, e o título da obra. Você olha para os lados e percebe que está sozinho, no silêncio da biblioteca. Olha em direção à janela e constata que o dia continua claro, o céu azul. Torna a olhar o livro em suas mãos, respira fundo e, munido de coragem, abre o volume.

E aqui a gente faz uma outra...

Não é por nada, não, mas eu preciso me afastar um pouquinho do computador, no qual estou escrevendo. Eu sei o que está pra acontecer. Não vou demorar, só o tempo de tomar um copinho de água com açúcar. Se você quiser, pode beber um, também. Porque acho que, pra continuar, nós vamos precisar estar relaxados. Bem relaxados! Muito relaxados! "Relaxadésimos!"

Agora você faz a sua segunda escolha e vai para a FASE 3.

- Se você acha que ao abrir esse livro alguma coisa terrível, apavorante, incontrolável vai acontecer, mas, como adora uma história de terror (como eu), quer viver essa emoção, sugiro que vá até a página 108. Mas, TENHA CUIDADO.

- Se você acha que esse livro não pode chegar aos pés dos que seu autor favorito já escreveu, e, portanto, vai recolocá-lo no lugar e continuar procurando o que quer, então vá para a página 105.

- Se você não está gostando nem um pouquinho dessa história de livros de terror, porque não é o seu gênero preferido, e se está se sentindo meio aprisionado nessa biblioteca e quer ir pra outro lugar, volte à página 13 e escolha outra opção. Mas se acha que, já que pegou o livro e abriu, é uma questão de honra saber de que se trata, então vá para a página seguinte, onde vai encontrar a história, sem sustos ou arrepios.

Oi, alguma dúvida? Tem aí a moeda do Coisas convenientes*?*

HISTÓRIA DO LIVRO
O VERDADEIRO TERROR
Autor anônimo

Você abre o livro e vê, estarrecido, que as páginas são de papel finíssimo. As letras impressas são azuis, de uma tonalidade clara, esmaecida. As ilustrações são suaves, em cores rosadas. E você começa a ler:

"Era uma vez um lindo campo florido, de flores multicoloridas, adornado por pequenos arbustos de folhas douradas em forma de coração. Nesse lindo campo, passeava uma doce menina, com belos e cacheados cabelos louros que lhe caíam sobre os ombros. Esta menina era filha de um bom homem, que cultivava nesse lindo campo uma plantação de algodão. Essa menina linda tinha um noivo, um rapaz delicado e belo, pastor de ovelhas, que a conduzia por aqueles campos. Um dia, depois de anos se passarem, essa linda menina casou-se com esse rapaz delicado. Tiveram muitos filhos e foram felizes para sempre."

Antes de fechar o livro, que tal virar a página para as despedidas de praxe?

E aí, gostou do final suave, sem sustos?

Valeu ter gasto uma grana "responsa" pra comprar este livro?

Já se tocou que, se você quiser, tem muitas outras histórias aqui mesmo, pra você se divertir?

Então, vamos lá, volte à página 13 e faça outra escolha.

Fique tranquilo, eu vou estar junto de você pro que der e vier.

Pense bem: o pior que pode acontecer é nós dois sentirmos medo.

Mas, com certeza, vai valer a pena.

E aí, vai retornar?

Se vai, que legal!

Se não vai, quero dizer que foi ótimo ter sido sua companheira de viagem.

Qualquer dia desses a gente se vê por aí.

Um beijão no fundo do seu coração e até.

Você preferiu "enfrentar" o dentista – você adora o doutor Roberto, mas não gosta nem um pouco do que ele faz com você –, então está a caminho do consultório.

Só espero que você, logo que entrar, dê uma passadinha no banheiro para, pelo menos, fazer um bochecho e retirar dos dentes os vestígios do seu café da manhã. Questão de higiene, certo?

No saguão do prédio, você olha para o mostrador da parede que indica onde está o elevador: 13º. Puxa, que coincidência.

Ainda bem que hoje não é sexta-feira 13 porque, se fosse, você iria começar a ficar grilado. Não é 13, é verdade, nem sexta-feira, mas o mês é agosto. E não esqueça que hoje faz um mês que aquelas coisas aconteceram, lembra? Claro que lembra, tenho certeza de que nos próximos cem anos, se você ainda estiver vivo, claro, as lembranças estarão nítidas na sua mente, para desespero seu.

Quer saber? Você decide subir os quatro andares pela escada, num fôlego só. Resultado: diante da porta do consultório, você respira feito um animal, suado e descomposto.

Dim, dom!

A Simone – gatinha demais –, sempre sorridente, sainha justa, abre a porta. Fica contente em ver você.

Mas pede que você espere um pouquinho, porque o doutor Roberto está com um paciente. Nada muito demorado.

Você vai ao banheiro, livra-se do pão com manteiga e açúcar, volta à saleta, escolhe ao acaso uma daquelas revistas antiquíssimas, que estão ali há séculos, e começa a folheá-la, distraidamente.

De repente, um artigo chama a sua atenção. A manchete é instigante: CIRURGIÃO-DENTISTA ENLOUQUECE E ATACA PACIENTE NO CONSULTÓRIO.

Caramba, que situação mais doida! Já pensou o que deve ter acontecido com o pobre coitado do cliente? Ainda bem que você conhece o Roberto há anos, e ele é o cara mais normal do mundo.

Você dobra a revista pra começar a ler o artigo, quando escuta a porta do consultório abrir e vê o cara que estava lá dentro, que aliás é esquisitíssimo, sair sem a companhia do dentista ou mesmo da atendente.

Estranho!

O tal cliente tem uma aparência diferente de tudo o que você já viu. Usa uma capa preta amarrada ao pescoço, que cai sobre o corpo até quase encostar no chão. Na cabeça, um chapéu – ou seria uma cartola? –, também de cor preta, esconde parcialmente o rosto dele em sombras. Leva numa das mãos um par de luvas negras e anda apressado, cabeça baixa.

Quando a porta se fecha, você respira aliviado. Ia ser desagradável se aquele sujeito puxasse assunto com você ou se ficasse ali por algum tempo.

A Simone pergunta ao doutor Roberto se o doutor Hyde já saiu.

Epa, esse nome lembra alguma coisa. Alguma coisa muito maligna.

O Roberto confirma, pede à Simone para ir ao banco pagar umas contas e diz que depois não precisa voltar. Pode tirar o resto do dia de folga. A Simone pergunta se ele não vai mesmo precisar dela, se tem certeza, e o doutor reafirma que não.

Ao sair, ela dá um risinho nervoso pra você. Quando já está fechando a porta, olha para você e faz uma expressão de "eu sinto muito".

Estranho!

Você ainda continua olhando para a porta, quando escuta o Roberto dizendo pra você entrar.

Ok, hora de apertar os arames, fios, parafusos que enfeitam os seus dentes e fazem o seu sorriso blindado.

Quando você entra no consultório, o dentista está de costas, lavando as mãos na pia, e fala pra você sentar-deitar na cadeira e ficar relaxado.

Você se acomoda e fica olhando para o teto, onde há centenas de estrelas, luas e cometas brilhantes meticulosamente e propositalmente colados. Quando o coitado que estiver ali sentado-deitado sair, vai poder dizer que – literalmente – viu estrelas em plena luz do dia enquanto estava sentado na cadeira do dentista.

Ah, ah, ah, eu não disse que o Roberto é um palhaço?

Você esboça um risinho no canto da boca e continua ali, distraído com os astros. Finalmente, ele termina de enxugar as mãos e vem na sua direção. Mas, quando você olha para o seu dentista, quase tem um ataque apoplético.

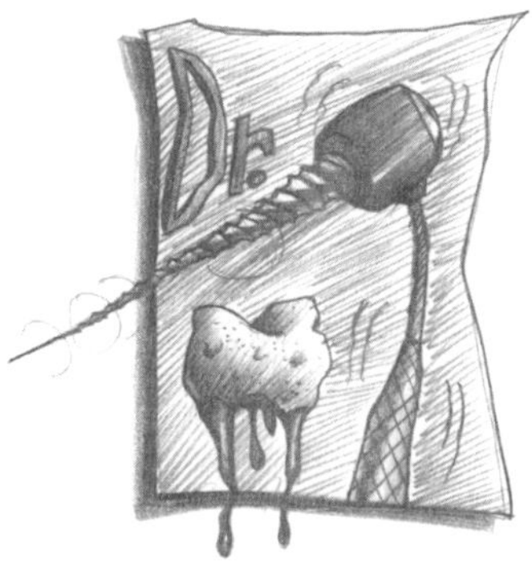

Não é possível! Não pode ser real!

E aqui a gente faz uma outra...

Você precisa se preparar psicologicamente para o que vem pela frente e, também, para escolher como esta história vai continuar.

Você faz a sua segunda escolha e vai para a FASE 3.

- Se o que você vê não é bem o doutor Roberto, e aquilo ali é uma coisa do outro mundo, um pesadelo, uma aberração, então vá até a página 60 e MUITO BOA MORTE, isto é, MUITO BOA SORTE.

- Se seu queixo está caído, seus olhos arregalados de terror e vidrados de medo e seu coração estático no peito, porque você nunca imaginou que isso pudesse acontecer com seu dentista, então vá para a página 66 e (sinto muito, amigo) DIVIRTA-SE, SE PUDER...

- Se você não está curtindo nem um pouquinho esta história, se detesta dentista e não está interessado em saber o desfecho, tem duas opções:

1. Volte à página 13 e faça uma nova opção.
2. Vá até a página 101, onde há, um final especial para descontentes.

É, meu amigo, mesmo estando nessa situação você consegue ser otimista, não é? Parabéns. Então, vamos em frente.

Depois de muitos solavancos, freadas bruscas e avanços de sinal, que faziam seu coração quase parar, finalmente você chega à delegacia de polícia.

Nem vou falar que seus ouvidos estão prejudicados por causa da sirene insistente e da transmissão do rádio, onde todo mundo fala ao mesmo tempo e ninguém entende o que é dito. Nem vou falar, também, dos três caras que foram presos junto com você, porque já deu para perceber que eles têm um olhar maligno e não vão com sua cara.

Você é delicadamente arrastado para dentro da DP e amistosamente jogado num banco, em frente a dois caras corpulentos com cara de poucos amigos. Eles perguntam que droga é aquela e são informados pelos policiais que trouxeram a ocorrência de que VOCÊS QUATRO SÃO LADRÕES. O mais forte deles revista vocês e encontra, com dois dos elementos, duas armas de fogo. Com o terceiro encontra uma grande quantidade de dinheiro e, com você, algum dinheiro. Ele diz: FLAGRANTE.

Olhando para você, pergunta a sua idade. Você tenta falar, mas a voz não sai. Faz só mímica. O cara se irrita e grita perguntando "qual a sua idade, ô palhaço?". Depois de uma pigarreada discreta, aliás discretíssima, você consegue dizer. Aí ele olha para o parceiro

ACIONE
POLÍCIA

de plantão e mastiga umas palavras, que você não entende. Manda os outros três subirem ao cartório e, também, a velhinha. Só então você percebe a presença da velhinha, que, ao que tudo indica, foi a pessoa que os marginais roubaram. Aí ele informa que está todo mundo no "157 combinado com 14 do CP e no...".

Sabe o que isso quer dizer? Que vocês estão presos em flagrante por tentativa de roubo, e eles, por corrupção de menores.

Como é que é? Roubo? Você não roubou ninguém!

Meu amigo, eu sei que você não roubou, mas eles não sabem. E você está com eles, na delegacia deles, e quem manda são eles. Certo? Então, para eles, VOCÊ ROUBOU. E fim de papo. Toca o enterro!

O fortão puxa o telefone e manda você ligar para o seu pai, para que ele venha à delegacia. Você fica apavorado. Como é que você vai dizer ao seu pai que está preso? Ele vai enfartar.

Você se aproxima do telefone e tenta fazer a chamada. Mas aí acontece um probleminha: ele não dá linha. Viva a Telebrás! Privatiza e continua a mesma coisa. Você bate repetidas vezes no gancho do aparelho, mas nada. O tempo passa e nada de linha. Nisso, entra na delegacia um monte de pessoas, gritando, chorando, a maior confusão. Os policiais militares entram atrás e vão anunciando que pegaram todo aquele pessoal "jogando no bicho". O grandão fala um palavrão. Pega um outro telefone, liga um número e fala pra alguém, do outro lado da linha, descer. Naquela sala, todo mundo fala ao mesmo tempo e ninguém se entende. Você continua tentando aquela coisa improvável que é fazer uma ligação telefônica, até que, finalmente, consegue a linha. Disca o número e seu pai atende. Explica a situação e o ouve dizer:

Bem, aqui, outra PARADA TÉCNICA, *para você escolher o que seu pai disse. Depois, você passa para a* FASE 4.

- Seu pai tranquilizou você e disse que já estava a caminho com um advogado a tiracolo e que ele iria resolver tudo, pra que você não se preocupasse e *blá-blá-blá*? Vá para a página seguinte.

- Seu pai ficou uma arara, cuspiu marimbondo e rugiu feito um leão, dizendo que era problema seu? Então, vá para a página 99. Legal o seu pai, hein?

- Se você não está gostando nem um pouquinho de estar numa delegacia, e não tem por que estar ali, pois não fez nada e não vai pagar por isso, então volte para a página 13 e faça nova escolha.

Puxa, sorte sua ter um pai tão compreensivo e de atitudes rápidas. Seu pai e sua mãe chegam à delegacia acompanhados do doutor Estêvão, advogado da família. Abraça você e lhe diz para ficar calmo, porque tudo vai ser resolvido. O doutor Estêvão pede ao grandalhão para falar com o delegado, mas ele diz que "não vai dar, não, porque o doutor está ocupado". O doutor Estêvão se aproxima do grandalhão e mostra a carteira da OAB. O grandalhão olha e dá um risinho sem graça. Aí diz a ele: – Vamos lá, doutor, eu vou levar o senhor até o gabinete do delegado.

Menos de dois minutos depois, o grandalhão volta acompanhado do doutor Estêvão. Olha para você com uma expressão dura. Você se encolhe no banco, olhos esbugalhados, prevendo o que pode acontecer. Ele coloca a mão no seu ombro e aperta com força e, com um jeito irônico, diz: – Garotão, o doutor mandou liberar você. Pode ir embora com seu papai, com a mamãe e com o seu advogado.

Vocês saem da delegacia em direção ao estacionamento. O olhar do policial grandalhão acompanha você, cravado nas suas costas. E você pensa que será muito mais feliz se nunca mais encontrar esse cara.

Junto ao carro, o doutor Estêvão se despede, desejando a todos um bom dia. Você, seu pai e sua mãe entram no carro.

Seu pai pergunta a você para onde vai e, aqui, você tem quatro opções:

1. Pede que ele deixe você em frente ao consultório do doutor Roberto.
2. Decide ir à loja para, finalmente, pagar a prestação.
3. Pede para ir à biblioteca.
4. Diz que quer ir para casa, porque está muito estressado para continuar fazendo coisas.

Se você escolheu as opções de 1 a 3, parabéns. Dá pra perceber que você é um cara persistente, que não se abate à toa. Então, vamos caminhar:

Opção 1 – vá até a página 25.
Opção 2 – vá até a página 85.
Opção 3 – vá até a página 19.

Se você preferiu a opção 4, voltar para casa, vá para a página seguinte e prossiga na CONTINUAÇÃO DA FASE 4.

Seu pai para na porta do prédio e você desce do carro cansado e abatido. Ele tranquiliza você, dizendo que, quanto ao cartão, não tem problema, pois vai telefonar para o banco e pedir urgência na devolução. Você dá um tchauzinho para ele e para sua mãe e entra se arrastando na portaria. Dá um alô pro Valmir e aperta o botão do elevador. Distraidamente, olha o mostrador no alto da parede, para conferir onde ele está e, aí, sente aquele friozinho na barriga: ele está no 13º andar. De novo?

Ele vem descendo devagar, os números iluminados em ordem decrescente, até que, finalmente, chega ao térreo, e a porta interna se abre. Você sente a boca seca, o coração disparando. Você tem uma sensação estranha. Parece que ele está convidando você para um passeio cheio de surpresas. Você continua ali, parado, com jeito de abobalhado, olhando pra ele.

E aí, afinal vai se decidir ou não? Vai abrir a porta, entrar, apertar o botão e subir? Ou vai aproveitar para fazer um exercício, subindo pela escada?

Bem, sei que tudo o que você quer é chegar em casa e descansar. Mas ainda dá tempo de viver uma aventurazinha extra, dentro do elevador. Quem sabe não vai ser divertido?

Outra PARADA TÉCNICA, e você escolhe o caminho para a FASE 5.

▸ Se você decide abrir a porta, entrar no elevador, apertar o botão e entregar pra Deus, vire a página e BOA VIAGEM.

▸ Se você decide tomar fôlego e subir onze andares (tinha esquecido dos dois de garagem e do *play*?) para chegar com segurança, porque esse elevador tá meio sinistro, então vá para a página 44 – e BOM EXERCÍCIO.

Calafrios? Tem aí aquele agasalho do Coisas convenientes? *Dúvida? Tem aí a moeda?*

Ainda apreensivo, você abre a porta do elevador com certo cuidado, certifica-se de que não existe nada, absolutamente nada lá dentro e finalmente entra, tudo isso sob o olhar de censura do Valmir, que não entendeu o porquê de tanta hesitação.

Suavemente, a porta externa se fecha com um clique surdo. Nada acontece. Você aperta o botão de número 8 e, vagarosamente, a porta interna corre no trilho, fechando com um som seco. E, então, o elevador começa a subir. Pela janelinha você vê os andares ficando para trás. G1, G2, PLAY, 1º, 2º, 3º, 4º, 5º...

Falta pouco, felizmente!

6º, 7º e, graças aos céus, o próximo andar é o seu, tá chegando...

Nesse exato momento, o elevador para com um solavanco. Você olha pela janelinha e vê o concreto do lado de fora. Ele dá um outro solavanco, tenta subir, outro solavanco e desiste. Fica imóvel. Paradinho. O suor começa a molhar sua testa. Você torna a apertar o botão 8 e nada. Você pensa, matutando com seus botões, querendo se convencer de que nada de extraordinário está acontecendo. Aí, tem uma ideia simples: apertar o botão EMERGÊNCIA. Claro, ele está ali para ser apertado em casos assim. Não que esta seja – verdadeiramente – uma “emergência urgente", mas não deixa de ser, ao menos, uma "emergenciazinha", porque você se toca que está doido de vontade de ir ao banheiro.

Pressiona o dedo indicador no botão salvador e nada. Nada acontece. Aperta novamente e, de novo, nada. Nada acontece. Quando encosta o dedo pela terceira vez, aí sim, finalmente alguma coisa acontece: falta luz.

O barulhinho do ventilador no teto vai morrendo. A escuridão é total, palpável. Você começa a sentir calor e dificuldade para respirar. Já apavorado, começa a bater na porta do elevador, gritando "socorro", "me tirem daqui", "por favor, alguém me ajude".

Nada, parece que ninguém escuta você. Provavelmente estão todos ocupados em resolver o problema da falta de energia elétrica. Calma, você pensa, daqui a pouco alguém vai me ouvir, é só continuar gritando. E, claro, o Valmir vai lembrar que você tomou o elevador e vai subir até a cobertura, vinte e três andares de escada, e usar o controle manual para fazer você descer e chegar são e salvo a algum andar. Aí, com aquela chave especial, ele vai abrir a porta e perguntar se está tudo ok. E você, na maior tranquilidade, diz que "claro que está, por que não estaria?".

Então, por favor, fique calmo. Eu disse C A L M O!

Você continua gritando, tentando ser ouvido. Até que, de repente, entre um grito e outro, apura os ouvidos e escuta a voz da Marisa, empregada do 702, cantando, aliás, como sempre. Ela passa o dia assistindo a programas religiosos na tevê e cantando aquelas músi...

Epa, assistindo tevê? Como, se não tem luz?

Então você sente, mais forte, aquela vontade de ir ao banheiro. Só que agora a vontade é dupla. Uma dor súbita corta sua barriga e a vontade é incontrolável. Você contorce as pernas na tentativa de apertar os intestinos, pra não fazer uma vergonha ali mesmo.

Nem pense em "se aliviar", porque, se fizer isso, vai se sujar.

Aí, você escuta uma voz baixa e sussurrante, coisa meio cavernosa, ali, bem perto de você, naquele minúsculo elevador, dizer: – Faz tempo que eu estou esperando você.

Os pelos da sua nuca se arrepiam. Seu coração dispara. Sua boca fica seca. Por um triz você não suja a bermuda. Que você se lembre, estava sozinho, absolutamente só quando entrou nesse elevador e a porta se fechou.

É, meu amigo, isso é o que você acha, não o que é. Tem aí aquele lenço? Quem sabe o crucifixo? Se tem, use-os. Não tem nada? Então, é com você mesmo.

Desesperado, você tenta enxergar na escuridão. Força a vista...

Ei, espera aí, não faça isso não! Você R E A L M E N T E quer ver? Tem certeza? Eu, no seu lugar, manteria os olhos bem fechados, o mais que pudesse. Mas é você quem sabe.

... Tenta ver se consegue enxergar além do negro a sua volta.

Nada. Novamente, escuta a voz dizer, num tom zombeteiro, agora bem junto do seu ouvido, "vamos nos divertir muito".

Você começa a dar chutes desesperados na porta do elevador e gritar por socorro. Está suando em bicas. E, então, sente uma respiração bem junto do pescoço e um toque no seu braço, como se fosse uma mão-gosma grudando em você. Você salta de lado, tentando fugir daquilo, e bate contra a parede do elevador. Um metro quadrado de chão é muito pouco espaço para você e seja lá o que for aquilo. Seu medo provoca na "coisa" uma risada forte, aterradora, de som cavernoso e trovejante, que enche o cubículo com um barulho maligno.

Você tapa os ouvidos e se abaixa, ficando encolhido no chão como se fosse um bebezinho. De repente, sua visão começa a se acostumar com a escuridão e um vulto vai, gradativamente, ficando nítido diante dos seus olhos arregalados.

A cabeça é enorme, disforme, completamente sem pelos, e dela saem dois chifres retorcidos e pontudos; os olhos (se é que se pode chamá-los assim) são arregalados e vazios de vida, sem pálpebras, com uma expressão diabólica; a boca, sem lábios, se escancara sobre dentes afiados, cortando a cara de um lado ao outro, e deixa escapar um som selvagem e aterrador; as orelhas são compridas e espetadas para cima. A respiração daquilo é como a de um animal que tivesse corrido léguas e léguas sem descanso: pesada, estertorante.

E aquela coisa está ali, diante de você. Perto demais! Horripilante demais! Você vira o rosto, na tentativa de evitar aquela visão desesperadora, levanta-se como pode e recomeça a bater na porta do elevador, gritando palavras desesperadas e desconexas.

A imagem aterradora daquilo continua diante dos seus olhos, gravada no seu cérebro. Então, você se dá conta de que não é apenas uma cabeça. Aquela coisa tem corpo. E aquele corpo encosta no seu, num abraço viscoso e apertado. Aperta tanto que você mal consegue respirar. Mas aquilo não tem pena e, num esforço, você grita. Aquilo continua apertando e você, gritando

cada vez mais alto. Aquilo parece que se funde em você, tomando seu corpo, tentando calar sua voz, e, então, tudo se apaga definitivamente. É o fim!

Você sente uns solavancos e pensa, com o restinho de consciência que lhe sobrou, que a luz chegou e o elevador voltou a funcionar. E escuta uma voz conhecida, longe, muito longe, chamando seu nome.

Abre os olhos, ainda com medo e, pouco a pouco, a imagem do Valmir, ofuscada pela claridade, vai-se firmando diante de você. Um cheiro nauseante está no ar. Uma umidade pegajosa esfria o seu traseiro. Você está sentado no chão, todo encolhido. Através da porta aberta, você vê várias pessoas, que olham para você, uns com olhar apreensivo, outros, com olhar de desprezo. Mas uma coisa todos têm em comum: a mão tampando o nariz.

Quando a Zulmira abre a porta do apartamento, vira o rosto e manda você ir, imediatamente, para o banheiro tomar um banho. E, antes da porta se fechar, ainda grita da cozinha:

– E essa bermuda pode jogar fora, porque eu é que não vou lavar cocô de marmanjo. Quando você era neném, tudo bem.

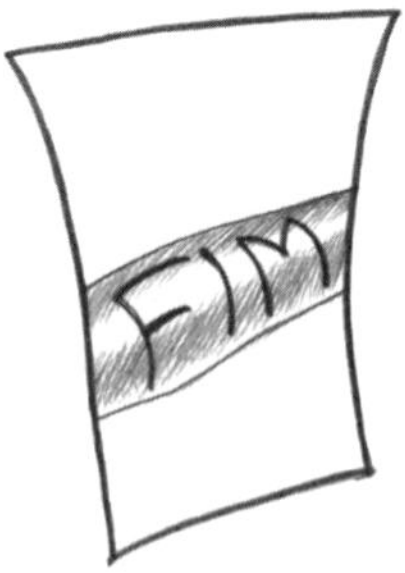

Ei, não se "desplugue", não. Vire a página, que eu quero falar umas coisinhas com você, ok?

UM BATE-PAPO

Agora que você está em casa são e salvo, tomando seu banho (merecido e necessário), tenho umas coisas pra dizer. Pode ir se ensaboando, não vou tomar muito do seu tempo, não.

Foi ótimo, bom demais, demais da conta ter estado com você nessa história. Você foi uma grande companhia, amigo.

Espero que tenha curtido o livro e que não tenha sentido muito medo. Mas, se sentiu, tudo bem, já passou.

Se você gostou do que leu aqui e quiser continuar lendo, volte à página 13 e recomece. Se já fez todos os caminhos e, infelizmente, o livro terminou, fique sabendo que tem um outro livro, semelhante, também de aventuras. O título é CORAÇÃO ACELERANDO, da mesma coleção ADRENALINA. Corra atrás! O importante é você continuar se divertindo.

Se você sente que aguenta aventuras ainda mais emocionantes, aguarde. Voltaremos a nos encontrar no próximo livro.

Conte com ele! Um abraço e um beijão, no fundo do seu coração.

Muito bem, você resolveu fazer um exerciciozinho, certo? Já não era sem tempo: você anda meio fora de forma. Então, respire fundo, barriga pra dentro, peito pra fora e pernas pra que te quero.

A G1 e a G2 estão no papo. Ficaram pra trás. O *play* acabou de passar sob suas pernas ágeis. Agora é pra valer: 1º, 2º (aqui é o andar daquela gatinha loura, não é?), 3º, 4º e...

O que foi que aconteceu? Quem gritou desse jeito?

...de repente, a dona Etelvina vinha descendo, devagarinho, pela escada e topou com você subindo. Coitada, levou um susto e tanto. Quase caiu e rolou a escada.

Você se desculpa, acalma a velhinha e continua sua subida: 5º, 6º, 7º e, então, quando está no *hall* da escada do 8º andar, uma ingrata surpresa: a porta corta-fogo está emperrada. Não abre. Não é possível, como não abre? Tem que abrir. Essas portas foram feitas para abrir facilmente, por isso não têm maçaneta, nem fechadura ou trinco.

Você tenta mais uma vez e nada. Ela nem se move. Você fica imóvel, pensando no que pode ter acontecido. Então, escuta um rosnado logo atrás de você. Vira a cabeça e vê, um pouco abaixo, entre os 7º e 8º andares, nada mais, nada menos que o Killer, o *rottweiler* do maluco do 701.

Que diabos esse cachorro está fazendo aqui na escada, solto, sem a focinheira? E cadê o dono dele?

Você tenta mais uma vez abrir a porta, e ele, vendo o seu movimento, arreganha a bocarra, deixando aparecer duas fileiras de dentes afiados. Você tenta mais uma vez mover a porcaria da porta e ele rosna ameaçadoramente. De repente, ele parte na sua direção. Você dispara escada acima, correndo feito um atleta. Ele está logo atrás, rosnando cada vez mais alto.

9º, 10º, 11º, e ele quase alcançando você.

12º, 13º, 14º, e ele cada vez mais perto.

15º, 16º, 17º, santo Deus, ele está colado em você.

18º, 19º, 20º, não dá mais, você não tem mais pernas. Ele, ao contrário, parece novinho em folha.

E agora, já pensou que o prédio tem 23 andares? Já se tocou que você está chegando à cobertura? E que, quando chegar, vai ficar difícil? Que você, provavelmente, vai virar almoço de *rottweiler*?

Oi, aceita um copinho de água com açúcar?

Você dá mais algumas passadas, já meio trôpegas, e seu corpo desaba sobre as pernas.

Não dá mais. Eu diria “Inês é morta”.

Você está encolhido, caído no chão, o rosto no degrau frio. O cão, ali, olhos grudados nos seus, boca arreganhada, os dentes afiados. O pelo escuro está todo arrepiado. Ele está prestes a atacar você, esperando um único movimento.

E aí, você vai se mexer? Pode decidir com calma, ninguém tem pressa. Afinal, é a SUA vida que está em perigo.

E a gente faz outra...

Você faz uma opção e vai para a FASE 6.

- Se você resolve encarar aquela fera, porque, afinal de contas, não é um rato, vire a página – e BOA SORTE.

- Se você acha que o melhor é se fazer de morto para ver o que acontece, vá para a página 54.

- Se você já cansou desta história ou não gostou do caminho escolhido, tem duas opções:

a) Feche o livro, guarde-o em local apropriado e, daqui a um tempo, quando estiver bem descansado, volte à leitura. Eu vou estar aqui esperando você.

b) Volte até a página 34 ou 36 e faça outra escolha – ou, então, página 13.

Em dúvida? Se estiver, pode usar a moeda do Coisas convenientes. *Com fome? Que tal um biscoitinho do* Coisas muito úteis? *Mas, atenção, coma com educação, sem fazer barulho, certo? No sapatinho.*

Muito bem, você escolheu enfrentar essa fera, certo? Então, adiante-se.

Você, bruscamente, vira-se na direção dele e encara aquela fera, olhos nos olhos. Os seus mostram um misto de pavor e ódio; os dele ostentam uma fúria assassina.

A língua dele, arroxeada e grande, está meio que pendurada pra fora da boca, deixando uma baba grossa cair no chão de mármore. A sua, completamente encolhida no fundo da garganta, quase sufoca você.

Você sabe que esse "flerte" não vai continuar por muito tempo, não sabe? Então...

Subitamente, uma última ideia lhe ocorre. Você se levanta devagar, olha duramente na direção dele, aponta um dedo em riste e fala com uma voz de comando: (*Capriche na pronúncia.*)

SIT! SIT DOWN! NOW!

O *rottweiler*, inacreditavelmente, arregala os olhos, baixa a parte traseira do corpo e se senta sobre as patas. Esconde a língua dentro da boca e fica olhando para você, atento.

Você eleva seu pensamento aos céus, em agradecimento. E começa a acreditar que Deus está do seu lado.

Agora, você sabe, basta continuar falando palavras de comando para ele. Mas é exatamente aí que reside um novo problema.

Legal que você, no primeiro semestre, matou as aulas de inglês, né? E agora? Que vocabulário você tem pra continuar mantendo essa fera sob controle?

Você procura no HD que tem dentro da cabeça, vulgarmente conhecido como cérebro, palavras que possa falar. Nada. Vazio. A única frase que lhe ocorre é "*the book is on the table*", que, na atual circunstância, não resolve nada, nadinha da silva.

Tenta mais uma vez em *search* e, de novo: "*the book is on the table. Bob is tall but Mary is short*".

Que droga, hein? Ou seria melhor: *bullshit*!

Arrepios? Tem aí o agasalho do *Coisas convenientes*?

Quer ajuda?

Se quiser, procure a página 53, escolha o que achar mais conveniente para a atual situação e, novamente, tente caprichar na pronúncia. Depois, volte para a página 51.

Se não quiser ajuda, vire-se com seu próprio vocabulário e veja o que o espera.

Você olha para ele, olhos nos olhos, e diz:

– (???) *The book is on the table!* (???) ou...???

Você estica o dedo indicando as escadas.

Será que isso vai dar certo?

Inacreditavelmente, o cão vira-se e começa a descer a escada, sem sequer olhar para trás.

Milagre! Só pode ser – ou então o animal é surdo. Ou, como você, completamente analfabeto em inglês. Ou, em última instância, ele sentiu uma súbita e coincidente vontade de fazer xixi e está à procura de um poste.

Bem, na verdade, o que importa é que você conseguiu se ver livre dele. Respira fundo, enxuga o suor do rosto e começa a descer a escada, olhando atentamente os números em cada *hall*.

Quando o número 8 aparece diante de seus olhos, você sente um baque no coração. Tenta abrir a porta corta-fogo e, inacreditavelmente, ela cede com facilidade. Você passa e ela torna a se fechar. Meio inseguro, você caminha pelo corredor em direção à sua casa. Faltam, talvez, uns treze passos.

Treze? Ai, de novo?

Você coloca uma perna na frente da outra e conta mentalmente:

Um, dois, três, quatro...

Falta menos!

... cinco, seis, sete, oito...

Tá quase!

... nove, dez, onze, doze e... treze!

Nesse exato momento, a porta do seu apartamento é aberta de supetão. Você dá um pulo para trás e seu corpo se contrai, preparando-se para o que vem pela frente.

Nada. É somente a Zulmira que está indo colocar o lixo na lixeira.

Assustou?

Você diz um "oi" pra ela e entra em casa. Anda-corre até seu quarto, fecha a porta, tranca com a chave, verifica se ela está R E A L M E N T E trancada e somente então joga o corpo exausto sobre a cama.

São e salvo, felizmente!

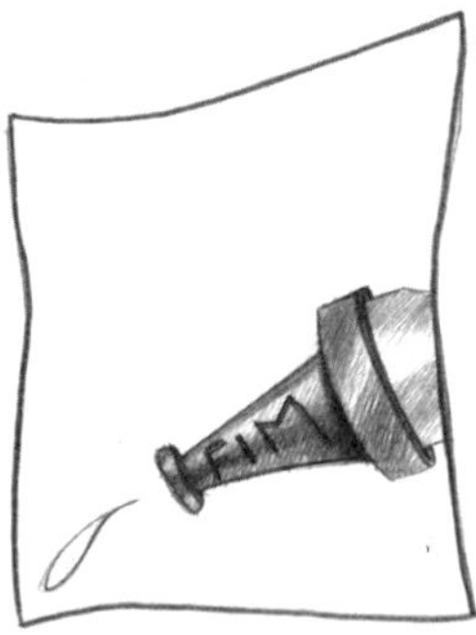

Meu amigo, se quiser, depois de se recuperar, dê um pulinho na página 59 que eu queria levar um papo com você, tá?

PALAVRAS DE COMANDO QUE TALVEZ FUNCIONEM

SIT DOWN! (significa SENTE-SE) – *Boa escolha!*

COME BACK! (significa VOLTE) – *Não custa tentar!*

DEAD! (significa FAÇA-SE DE MORTO) – *Muito bom!*

ATTACK, NOW! (...) – *Ei, você ficou maluco???*

GO AWAY! (significa VÁ EMBORA, SUMA) – *Ótimo!*

BE QUIET! (significa FIQUE QUIETO) – *De preferência, sem babar.*

ROLL! (significa ROLE) – *Cuidado com a escada!*

Bom, você escolheu se fingir de morto. Não sei se foi a melhor escolha, mas, ainda que não tenha sido, vamos em frente.

A boca da fera continua aberta, com a língua aparecendo entre os dentes pontiagudos. Esse bicho deve ter, miseravelmente, uns oitenta dentes afiados. Fora, é lógico, aqueles na parte de trás, destinados à mastigação. Tudo isso você observa por entre as pálpebras, numa nesguinha de visão.

O silêncio é total. Você controla a respiração, inspirando profundamente e expirando suavemente. Ele resfolega. De repente, ele resolve se deitar ao seu lado. Droga! Será que esse animal vai passar o resto da vida aí, do seu lado, deitado bem junto de você?

Eu não sei, mas acho que alguma coisa está acontecendo com ele.

O tempo passa e nada. Nada acontece.

Você fingindo-se de morto; ele, ao que parece, dormindo. Então, subitamente, alguma coisa começa a acontecer. A princípio, você não percebe muito bem o que está acontecendo, mas, aos poucos, começa a entender.

Eu falei que alguma coisa estava acontecendo com ele, não falei?

O *rottweiler* começa a tremer. Inicialmente, é um leve tremor, quase imperceptível. Mas vai se intensificando, cada vez mais, até o bicho ficar trepidando feito pipoca, batendo com o corpo no chão frio. Você olha para ele, ainda disfarçadamente por entre as pálpebras, e percebe que ele começa a babar, uma baba espessa e nauseante. Os olhos dele começam a se abrir e a revirar nas órbitas, feito duas bolas de *pinball*. Você fica estarrecido diante daquela visão.

E, mesmo não sendo veterinário, não entendendo nadinha de cachorro, você saca que ele está em crise de epilepsia. E, o pior, se ele ficar assim pode até se machucar, ou até mesmo morrer, porque a língua enrola e fecha a passagem de ar na garganta.

Você continua deitado, já não tão morto, os olhos abertos, sem saber o que fazer. O bicho continua estrebuchando, babando, os olhos revirando. Cada vez mais os músculos fortes do coitado se retesam em espasmos frenéticos.

Ei, acho que você devia fazer alguma coisa, em vez de ficar só olhando. Tenha dó, o coitado está agonizando!

Você se levanta devagar, ainda com medo, e sem fazer movimentos bruscos para não ser surpreendido por ele. Vai que aquilo é uma encenação?

Você se aproxima do bicho cuidadosamente e dominando o nojo e o pânico, segura suavemente as patas traseiras dele. Ele continua se debatendo. Você segura com um pouco mais de força, mas a força do animal é maior que a sua.

Então, você não vê outra saída a não ser se debruçar sobre ele, para imobilizá-lo com o peso do seu corpo.

O contato com aquele monte de pelos ásperos e grossos é desagradável, mas não tem outra saída.

Deixar o bicho entregue à sua própria sorte é que você não vai.

Bem, ao menos ele já não está se debatendo tanto. Então, você vê que do focinho dele está saindo uma espuma, igual à que sai da boca. Isso significa que ele está fazendo muita força para respirar. E, se isso está acontecendo, é porque...

Bingo! É isso mesmo. Ele está sufocando, com a língua enrolada, atravancando a garganta.

E você, vai ficar aí parado, assistindo de camarote a agonia do bicho?

Você fica apavorado ante a atitude que TEM que tomar. Não tem outro jeito. Você, ainda deitado sobre o *rottweiler*, com todo o seu peso sobre ele, estica as mãos em direção àquela bocarra. Com toda a força de que dispõe, abre as mandíbulas dele, enfiando as mãos por entre os dentes afiados. A língua está lá no fundo da boca, enrolada, arroxeada. Você mantém uma das mãos entre os dentes e, com a outra, começa a puxar a língua do animal, pedindo aos céus que ele não trinque as mandíbulas porque, se isso acontecer, você vai ficar maneta.

A muito custo, você consegue trazer aquela coisa babada, gosmenta, escorregadia, para fora da bocarra do coitado. Aí, você vira a cabeça dele de lado, mantendo-a assim. Aos poucos o bicho começa a respirar melhor, e os espasmos vão enfraquecendo. E você está ali, sobre o animal, quando um grito histérico, apavorante, rompe o silêncio.

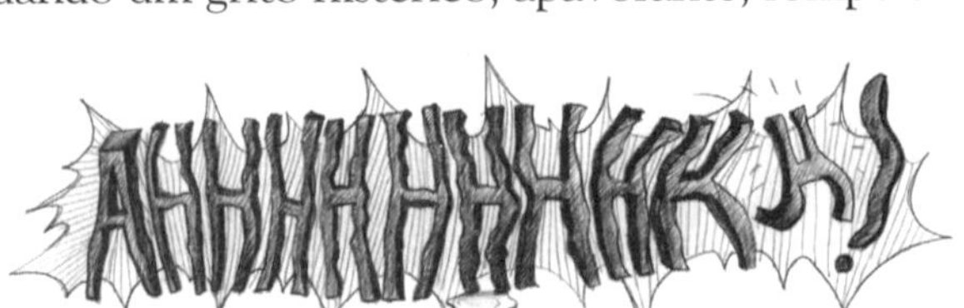

Você quase enfarta com o susto. Aquele grito foi dado pelo dono do cachorro, o tal maluco do 701.

Ele está ofegante por conta da subida. Deixa-se cair ao lado do bicho e, com as mãos trêmulas, acaricia o pobre. Você ainda mantém o animal imobilizado e a cabeça dele ainda de lado, com a língua dependurada.

O maluco olha para você, com os olhos bem abertos e, de repente, se joga sobre você, num abraço. E começa uma sessão de agradecimentos e explicações, dizendo que "graças aos céus você estava por perto quando o pobre cão teve um ataque epilético".

Você diz a ele que fez o que pôde, se desvencilha daquele abraço sufocante, dá uma última olhada para o *rottweiler* e segue seu rumo.

Quando você se dá conta, está no *hall* do 8º andar. Sem muita esperança, tenta abrir novamente aquela mesma porta corta-fogo e ela, surpreendentemente, cede ao seu toque, escancarando-se com um ligeiro empurrão.

Você olha para a direita, para a esquerda, e confirma que está, verdadeiramente, no andar onde mora.

Inacreditável!

Assim, meio em dúvida, estica o olhar na direção do seu apartamento. Lá está a porta. Com um pouco de sorte e alguns passos, você logo estará nela. Aí, basta tocar a campainha, e a Zulmira abrirá a porta para você entrar e ficar são e salvo.

Você olha novamente para a distância que o separa da porta e calcula que são uns treze passos.

Treze?

Esse número persegue você, hein?

E você, num ato de bravura, ordena a seu cérebro que ande, enquanto conta mentalmente para se distrair:

Um, dois, três, quatro, cinco...

Como está longe, essa porta!

Seis, sete, oito, nove...

Falta pouco!

... dez, onze, doze e...

E, aqui, antes do próximo passo, você precisa dar uma recuada. Porque a história continua na página 52. Volte até lá e SEJA FELIZ.

Posso fazer uma sugestão? Que tal o amuleto da sorte do *Coisas muito úteis*?

Oi, tá tudo bem com você? Angustiado, assustado, nervoso?

Bem, independentemente disso, quero dizer que foi muito bom ter estado com você ao longo dessa história. A sua escolha foi das mais longas, com um maior número de FASES.

Parabéns pela sua determinação de seguir em frente. Espero que tenha gostado da história que escolheu.

Tendo ou não gostado, sabe que tem outras histórias neste livro, não sabe? Então, que tal retornar e escolher uma nova aventura?

Vai fazer isso? Então...

... vá até a página 13 e recomece. E, mais uma vez, BOA SORTE. A gente continua se encontrando.

Não vai fazer isso? Ah, que pena! Então, quero dizer que lamento muito não ter correspondido às suas expectativas. *Sorry* por não ter sido uma história legal. Mas, quem sabe você não me dá uma chance e retorna à leitura? Se sim, ótimo. Página 13.

Se não, um "até-breve-e-quem-sabe-um-dia-em-outro-livro-a-gente-se-vê?" Um beijão no fundo do seu coração.

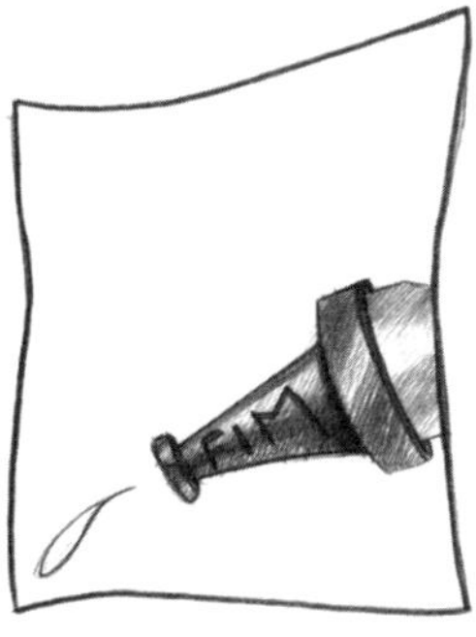

A visão diante de você é aterradora. Você tenta se levantar da cadeira-cama mas ele, isto é, *aquilo* é mais rápido e, subitamente, prende uma correia no seu pulso direito, amarrando-o no braço da cadeira; logo depois, passa outra correia no seu pulso esquerdo e prende-o também. Em seguida, uma terceira correia é atada nos seus pés, fixando-os na parte inferior da cadeira. Aí, ele vira o rosto novamente para você, com um sorriso alucinado.

Aquilo ali não é o seu dentista. Tem todas as características dele, mas não é ele. Tem a mesma altura e a mesma cor morena e usa a mesma roupa branquíssima. Mas não é ele.

Os olhos são cruéis, injetados de sangue; a boca retorcida exibe um sorriso macabro; as mãos estão contraídas, mais parecendo garras; o corpo alto está curvado para a frente, como se ele tivesse ficado corcunda, e o cabelo está embranquecido e arrepiado, do tipo cientista louco.

Ele se aproxima de você, que tenta desesperadamente livrar-se das correias. Aquela coisa chega bem junto de você, o rosto quase tocando o seu, e você sente um hálito apodrecido escapando por aquela boca. Então, você pensa em gritar. Alto, bem alto, até que todo o prédio escute e venha ver o que está acontecendo.

Quando você abre a boca, ele é mais rápido: coloca em você uma mordaça de fita adesiva, impedindo a sua tentativa.

Você está ali, à mercê dele, e não tem a menor ideia do que está acontecendo. Num restinho de esperança, você pensa que, quem sabe, deve ser outra das brincadeiras do Roberto. Será?

Não é, não!

Ele vai até o armário na parede lateral, abre uma gaveta, retira alguma coisa que você não consegue ver, fecha a gaveta e volta na sua direção, exibindo na mão um objeto brilhante: um bisturi.

Para ao seu lado e dá, novamente, aquele sorriso satânico. E, como se fosse uma coisa muito natural, segura mechas do seu cabelo e começa a tosar. As mechas vão caindo e você mentalmente conta: uma, duas, três, quatro.

Você sente que seu cabelo, que você tanto curte, está irremediavelmente sendo cortado sem qualquer estilo. E estilo, você sabe, é fundamental! Mas o pior não é isso: o pior é que ele só está cortando de um lado da cabeça – ou seja, quando – e se – você sair daqui, vai pagar o maior mico na rua. Você vai estar mais *punk* do que qualquer outro *punk* que já se tenha visto.

Finalmente ele desiste do seu cabelo. Você respira aliviado. Mas ele não desiste de você. Ele volta ao armário, abre novamente a gaveta, retira um instrumento e se aproxima. Dessa vez traz na mão um alicate e um tipo de tesoura-pinça. Com um puxão, ele retira a fita adesiva que cobre sua boca e enfia três dedos dentro dela, capturando a sua língua. Prende a tesoura-pinça nela, deixando-a pendurada pra fora. Aí, começa a trabalhar com o alicate.

Primeiro, ele prende seu incisivo central direito superior na ponta da ferramenta. Então, firma a mão, torce para um lado, depois para o outro e, finalmente, dá um puxão forte. A dor é insuportável. O sangue esguicha e respinga no avental branco. Arames e pecinhas de metal são arremessadas longe. E você só consegue emitir um ruído rouco, dilacerado de pavor e dor.

Ele sorri aquele sorriso malévolo. Aproxima novamente o alicate da sua boca, depois de jogar no chão seu dentinho blindado, e encaixa o incisivo central superior esquerdo. Com outro puxão, ele o extrai. Você fica desesperado. O Roberto está louco. Vai tirar todos os seus dentes, a troco de nada, a sangue-frio. Por quê?

Ele joga o segundo dente fora e, mais uma vez, vai até o armário. Dessa vez volta trazendo na mão um instrumento igualzinho a uma britadeira, dessas de abrir buraco no asfalto, só que em miniatura. Aproxima-se novamente de você e encaixa aquela coisa no seu último dente inferior esquerdo.

Bem, você já sabe que de agora em diante está com um sorriso conhecido como 1001, certo? Mas não se preocupe, esse é o menor problema. Se você sair vivo daqui, faz dois implantes e fica tudo resolvido, certo?

Em segundos, ele retira esse dente e o outro, do lado oposto. Sangue é o que não falta por aqui. Você se engasga com ele e começa a tossir. Você tosse e o sangue escorre por sua boca escancarada, com a língua pendurada, molhando sua camiseta.

E, não satisfeito com todas as atrocidades que já cometeu, ele começa a esbofetear você, com força, muita força, jogando sua cabeça para um lado e para o outro.

Nesse momento, você escuta ao longe uma voz chamando seu nome.

Deus seja louvado!

Alguém veio em seu socorro. Felizmente você ainda está vivo.

Você escuta a voz mais uma vez, agora já bem mais perto, e tenta abrir os olhos. A luz fria ofusca seus olhos, dificultando sua visão, que está meio desfocada. De repente, o foco se ajusta e você vê, bem diante de você, o rosto dele, isto é, o rosto do doutor Roberto.

Mas dessa vez é ele mesmo, como antes. Ele está rindo, se dobrando de rir. Você tenta soltar os braços da cadeira e percebe que já não está mais preso. Levanta o corpo e olha para os pés, que também já foram desatados. Olha para ele, que continua rindo.

E escuta aquela voz de sempre dizer "cara, desta vez você dormiu pesado mesmo, hein? Acho até que sonhou, não?".

Você fica sem entender o que ele está dizendo. Leva os dedos à boca e confere seus dentes. Estão todos lá. Não falta nenhum. Passa a mão no cabelo e verifica que continua do mesmo tamanho.

Cara, será que você dormiu e teve um pesadelo?

O Roberto continua rindo e diz pra você dar o fora, porque ele tem outro cliente à espera. Você sai do consultório, confirmando a consulta na próxima semana, mas ainda está meio grilado.

No corredor, abre a porta do elevador e, quando entra...

... dá de cara com o tal homem, aquele que saiu do consultório do Roberto antes de você entrar.

O jeito dele é muito estranho. Tudo é muito estranho. Como é que, depois de tanto tempo que você ficou no dentista, aquele cara ainda está no elevador, não foi embora?

Pelo sim, pelo não, você acha melhor ir pela escada. Sai do elevador depressinha e bate a porta na cara do sujeito. Desce os quatro lances de escada correndo e pulando, tentando chegar à rua o mais rápido possível.

Atravessa a rua sem olhar para os lados e quase é atropelado por um caminhão. Não importa. O que você quer é ficar o mais distante possível daquele prédio, daquele consultório, daquele homem.

Quanto à próxima consulta, você vai pensar. Qual é o problema de ficar o resto da vida com aparelho nos dentes? Qual é?

Oi, terminou esta história? Gostou? Quer mais?

Então, que tal retornar à página 13 e fazer nova escolha?

Faça isso, ainda temos muita diversão por aqui. Se vai, ótimo.

Se não vai, quero dizer que foi um grande prazer ter estado com você nesta aventura. Um beijão no seu coração.

Seu cérebro recusa-se a assimilar o que seus olhos veem. Aquilo ali, bem diante de você, não é, não pode ser o Roberto. Não existe nada naquela criatura que lembre, ainda que vagamente, a fisionomia do seu dentista.

A começar pela expressão do rosto (???), ou seria melhor dizer *fuça*?

Maligna, hedionda, atarantada, selvagem, medonha. A testa é alta e estreita, vincada de pregas e de tonalidade acinzentada, no meio dela, oh deuses!, um único e arregalado olho, sem pálpebras, injetado de sangue; o nariz não existe, são apenas dois enormes orifícios largos, de onde escorre um líquido amarelado viscoso, como se fosse pus; a boca sem lábios é um recorte na parte de baixo daquela cara, deixando à mostra dentes escuros e pontudos, alguns apenas cacos; a parte superior da cabeça não tem cabelo. Em seu lugar, um arremedo de chifres retorcidos.

Aquele único olho fixa você com atenção. Eu diria, com muita atenção. Você vê a sua imagem refletida nele. A criatura entorta um pouco a cabeça para o lado, como se estivesse fazendo uma avaliação apurada de você. E vem cambaleando na sua direção, tropeçando nos próprios pés.

Pés? Negativo. Se você se der ao trabalho de olhar vai perceber que aquilo são patas, grandes e retorcidas, com unhas negras enormes.

Você se encolhe na cadeira-cama tentando ficar um pouco mais distante daquilo. Aquilo percebe. Mais dentes se apresentam, assim como um leve rosnar é ouvido. E daquele buraco escuro brota uma baba grossa, que escorre vagarosamente e pinga no chão.

Só então você se dá conta de que aquilo traz na mão um objeto comprido, de cabo de madeira longo e lâmina de metal curva, que reflete a luz fria do teto do consultório.

Surpresa!!!

É uma foice, de gume afiado, cortante, sem qualquer dúvida, "matante". Dessas que aparecem em desenhos de terror e costumam representar a MORTE.

Você sabe o que vai acontecer, mas sente-se incapaz de qualquer reação. Seu corpo está aprisionado de medo, imobilizado nas garras do terror, paralisado de pânico, incapacitado de tentar escapar e se livrar daquela ameaça iminente.

Então, o filme, ou melhor, o *trailer* da sua vida começa a ser exibido no vídeo do seu pensamento. As cenas passam aceleradas, mas com extrema nitidez.

Já ouviu dizer que, um segundo antes da morte, a gente tem uma visão panorâmica de tudo o que a gente viveu? Já? Eu também já! Lamento por você.

E aquilo, finalmente, está ao seu lado, com o braço erguido, a foice perigosamente suspensa acima de sua cabeça.

Rrrriiiiiiiiiiiiiiiiiiiiiii!

É isso, meu amigo. Pise pra valer. Atole o pé no freio com vontade.

A gente dá uma paradinha providencial pra você decidir o que vai acontecer, como quer que essa situação continue. Se é que quer continuar, claro. Se quiser beber um copinho de água, sem problemas. Aproveite a parada e tente se recuperar, ao menos um pouco.

Você faz mais uma escolha e vai para a FASE 4.

- Se você acha que alguma coisa desesperadora, aterrorizante, alucinante e apavorante está acontecendo, mas ainda assim acha que vai ser demais viver essa situação, vá para a página seguinte. Espero que você sobreviva.

- Se você acha que toda essa encenação nada mais é do que uma brincadeira do Roberto (aliás, sem a menor graça), que, apesar de ser um grande cara, é muito palhaço, pague pra ver e vá até a página 73. Espero que você realmente se divirta.

- Se você não está gostando nem um pouquinho desta história e acha que deveria ter escolhido ir a outro lugar, não tem problema. Volte para a página 13 e faça nova escolha.

Aquela coisa medonha continua olhando fixamente para você, com olhos de morte. Você tenta, o mais disfarçadamente possível, ir saindo aos poucos do campo de ataque daquilo, mas sabe que o tempo é curto e que, com quase cem por cento de certeza, não vai ser bem-sucedido. De repente, a coisa solta um uivo estrondoso. Você quase enfarta com o susto. Aperta as mãos no braço da cadeira-cama até os dedos ficarem brancos e as unhas arroxeadas e, depois daquele uivo, uma cascata quente e nauseabunda de vômito é arremessada sobre você. Aí é demais. Você tenta manter a boca fechada, mas seu estômago não concorda com isso e, sem controle, joga para fora o seu café da manhã, que cai, também, em cima do seu peito.

Ei, isso é um concurso de vômito. Aquela cratera no lugar da boca se arreganha mais um pouco, deixando mais dentes à mostra. Acho que aquilo está rindo por causa do que vai começar a fazer.

O vômito se transforma numa massa grudenta e de cheiro pútrido. Você olha para baixo e percebe que, daquela coisa, começam a brotar pequenas larvas, que se contorcem e tentam escalar o seu corpo, rumo a sua cabeça. Aí você perde a sanidade mental. Aquilo é muito para um ser humano. Começa a berrar com toda a intensidade que suas cordas vocais permitem, com todo o fôlego que seus pulmões aguentam. Você grita, berra, SE DESESPERA. E, subitamente, escuta um outro grito: Nããããããão! E um estrondo. Arregala os olhos e vê o brilho cintilante da lâmina descer sobre a sua cabeça para decapitá-lo.

Os cacos de vidro se espalham no chão do consultório. A coisa foi paralisada mantendo a foice no ar, um tiquinho de nada acima do seu crânio. Um outro Roberto – isto é, o Roberto – dá alguns passos adiante, pega um vidrinho e arremessa água sobre aquilo, atingindo-o em cheio. Um cheiro fedorento inunda o ambiente e rugidos alucinantes e aterradores escapam daquela cratera-boca negra.

Aquilo se torce, retorce, estremece, agoniza diante de seus olhos esbugalhados e enlouquecidos.

O Roberto joga mais água e, em seguida, estende a mão, segurando um crucifixo diante daquilo. Aí começa uma cena dantesca: a coisa emite sons gorgolejantes, sufocados. O olho no centro da testa revira sem rumo, olhando tudo e nada, expelindo sangue e pus, que escorrem pela cara. A bocarra murcha e se contorce, engolindo os dentes escuros e pontiagudos. Dos chifres brota uma fumaça de cheiro nauseante e, bem diante dos seus olhos, aquilo começa a implodir, como se estivesse se devorando por dentro. Alguns minutos depois, a coisa não existe mais. Restou apenas uma leve mancha escura no chão branco do consultório, em cima de uma grande quantidade de vidro quebrado.

Caso encerrado. O Roberto se joga no banquinho, exausto. Olha para você, que também está exausto, abre a boca, mas você o impede de falar. Você não está em condições de ouvir explicações ou teorias. Você só quer ir embora dali, o mais rápido possível. Levanta-se da cadeira, faz um aceno, diz "até pra semana", e sai do consultório. O Roberto nem tenta impedir.

Você passa pelo que sobrou da porta de vidro e sai sem olhar pra trás. No corredor, escuta a voz angustiada dele: "Cuidado!". Você aperta o botão do elevador e, quando a porta se abre, fica paralisado. Aquele homem que saiu do consultório do seu dentista está ali

dentro, olhos malévolos cravados em você, dentes finos e pontudos aparecendo num sorriso de ódio.

Você não tem nenhuma condição de fugir daquilo. Nem adianta tentar. Seu único pensamento diante do inevitável é um pedido de ajuda para Deus.

Aí acontece. Aquilo some, desaparece, se dissipa no ar sem deixar rastros nem vestígios. Você olha em volta e vê que está sozinho no corredor. Devagar, você desce as escadas. Na rua, você ergue os olhos para um céu azul-claro, sem nuvens, e sorri. Seu olhar encontra o do Roberto, lá em cima, ansioso à sua procura. Ele, então, sorri aliviado e faz um aceno. Você acena de volta e vai embora. O que REALMENTE aconteceu, não importa. Você está vivo. Outro dia vocês falam a respeito. Ou não. Hoje você não quer ouvir nada.

Quer mais aventura? Se quiser, volte à página 13 ou às páginas 28 ou 68, para fazer novas opções. Se não quiser, quero dizer que foi muito bom ter estado com você. Até breve e um beijão no seu coração.

Meu amigo, seu senso de humor é invejável. Você tem certeza de que isso parece brincadeira? Bem, o único jeito da gente saber é você continuar lendo, certo?

Então, toca o enterro.

A foice desce ameaçadoramente tentando alcançar você, que, no último momento, deu um salto para fora da cadeira. Passou perto. A coisa continua a investida, errando sempre por milímetros. Você corre pelo consultório pequeno, se escondendo atrás dos móveis e instrumentos. Aquilo persegue você, incansável. Cada vez que você passa diante da janela, grita a plenos pulmões, na esperança de ser ouvido.

Não vai dar. A janela está fechada por causa do ar-condicionado, esqueceu?

Aquilo está cada vez mais enfurecido, irritado. Ele continua tropeçando nas próprias patas, mas com o objetivo determinado: VOCÊ.

Então, subitamente ele para, com as mãos na altura do peito. Parece sem ar, cansado, exausto. A foice despenca no chão, e os braços ficam inertes ao longo do corpo. Você continua em pânico, atento a qualquer movimento brusco, pra não ser pego desprevenido.

E a gente para pra você tomar fôlego. *Depois é só seguir até a página 113 para continuar, ok?* *Não precisa ter pressa.*

Depois de um emocionante passeio de viatura, finalmente você chega à delegacia de polícia. Os policiais abrem o cadeado da caçapa e mandam vocês descerem. Em seguida, conduzem vocês para o interior do prédio, que está caindo aos pedaços. Os que trouxeram vocês explicam o caso aos outros policiais que estão atrás de um balcão, diante de máquinas de escrever jurássicas. O mais velho deles, que parece ser o chefão por ali, olha na sua direção e, depois de cuspir um palitinho que estivera mastigando, pergunta a sua idade. Você responde educadamente.

Bastante sensato, você. Não é hora nem lugar para gracinhas, certo? A propósito, tem aí o Código Penal do *Coisas muito úteis*?

O policial velho olha para os seus companheiros (ou seriam comparsas?) e faz a mesma pergunta a cada um. Eles respondem. Aí, o mesmo policial chama um outro tira, de nome Papel, e o manda levar os outros três lá para cima e avisar o escrivão que tem um menor na jogada.

Os três ladrões são levados, e você, finalmente, respira aliviado. Felizmente, você pensa que tudo está resolvido. Abre a boca para perguntar ao policial se já pode ir embora porque tem muitas coisas para fazer. Nesse exato momento, ele chama um outro policial, de nome Alcione, e lhe diz que é para levar você "lá pra trás" e colocá-lo na "celinha". Você fica sem entender o que isso significa e, quando abre novamente a boca pra perguntar, fecha de imediato. Porque o "tal do Alcione" é um sujeito com cara de poucos amigos, grande pra burro e forte pra cachorro.

Ele agarra seu braço direito e o torce para trás, até o meio das costas. Aí, conduz você, dizendo: "Aos costumes, vagabundo".

No final do corredor você desce uma escada, depois vira à direita, depois à esquerda e, então, entra na carceragem.

Bem-vindo ao Setor de Custódia da 11ª DP!

Um dos homens que está jogando pergunta ao policial quem é você, e ele explica que você "é menor e foi pego numa tentativa de assalto juntamente com outros três e que vai precisar ficar ali guardado, por ordem do delegado, até poder ser apresentado ao juiz".

O tal homem faz um aceno e pergunta se você tem algo de valor que queira deixar guardado. Você pensa no dinheiro que tem no bolso e decide que é melhor entregá-lo para ficar seguro. Então, o tal homem manda o Alcione colocar você na celinha. Mais uma grade, outro cadeado e, depois de abertos, você entra no seu novo lar. Lá dentro estão outros dois rapazes, mais ou menos da sua idade.

Eles cercam você e, tão logo o Alcione tranca a porta e sai de cena, se aproximam.

Você se afasta, andando de costas, até bater na parede. Eles vêm na sua direção, formando uma barreira ao seu redor.

É, meu amigo... Aqui a gente faz outra parada técnica para você decidir como quer continuar, certo? Você escolhe e vai para a FASE 4.

- Se você é um otimista e acha que esses caras só estão querendo lhe dar as boas-vindas, vá para a página 87.

- Se você é realista e acha que o seu calvário está começando, vá para a página seguinte. Boa sorte ou, quem sabe, adeus!

- Se você não está gostando nem um pouco dessa história e quer mudar de rumo, volte para a página 13 ou 18.

Está em dúvida? Tem aí a moeda? Pode usar.

Certo, você é um realista.

Um dos dois rapazes, o de cabelinho alourado raspado à máquina 4, olha o relógio no seu pulso e sorri. Olha para o moreno atarracado e abre mais o sorriso. Repentinamente, ele arrebata o relógio do seu pulso, como num passe de mágica. E antes mesmo de você abrir a boca para reclamar, o moreno lhe dá uma rasteira e você cai sentado no chão de cimento úmido. Ele arranca seu par de tênis e manda você tirar a bermuda, porque ele achou "muito maneira".

Você diz que não vai tirar coisa nenhuma, e ele, com mãos rápidas, alcança seu pescoço e aperta pra valer. Você já está quase sufocando, quando ele pergunta se vai tirar ou não. Você decide respirar, e desamarra o cordão. Ele mesmo puxa a bermuda. Meio envergonhado, você coloca o carnê do computador dentro da cueca.

Você fica ali, caído no chão, de cueca e camiseta, descalço e sem relógio, olhando para aqueles caras bandidos. Aí, o moreno atarracado chega mais perto e diz que se amarrou na sua camiseta e que gostaria muito de ter uma igualzinha àquela. E dá uma risadinha sinistra.

Você nem pensa duas vezes. Tira a camiseta e entrega a ele.

É, meu amigo, que triste situação a sua. Preso e só de cuecas. Mas não fique com medo de perder a cueca, não, porque bandido só usa short por baixo da calça. Justamente para evitar passar por essa situação constrangedora quando é preso.

Um dos homens que estava jogando cartas chega perto da grade e pergunta a você qual foi o lance que o trouxe pra lá e você conta a sua história triste, desde o princípio, tim-tim por tim-tim. Ele começa a rir. O rapaz alourado diz que você tem mesmo cara de otário, que é um mané. E cai na gargalhada.

Nesse momento, a chegada do almoço interrompe as risadas. O moreno atarracado pergunta a você se está com fome e você diz que sim. Ele pergunta se você está com muita fome e, depois de avaliar por um segundo, você diz que sim. E ele fala que "isso é ótimo, porque só mesmo com muita, mas muita fome mesmo você vai conseguir comer essa gororoba".

O Alcione passa as quentinhas de lado, para poder atravessar as grades. Cada um pega a sua. Você retira a tampa e olha a comida: arroz, feijão, um negócio claro, que parece ser carne, e uma coisa esverdeada, que parece ser repolho (*arg!*). Junto com a comida vem uma colher de plástico e um doce roxo, embrulhado em papel transparente.

Você senta, segura a colher e, quando prova a comida, faz cara de nojo. O gosto é horrível. Tem alguma coisa azeda por aqui. Você tenta farejar e acha que é o feijão. Olha ao redor e vê que os dois estão comendo. Ninguém reclamou. Será que só a sua comida está estragada? Você tenta mais uma vez, mas não dá. Seu estômago avisa que se tentar ele vai jogar tudo pra fora. *(Quer um biscoitinho?)*

Você começa a fechar a embalagem, quando escuta o alourado falar que "já que você não vai comer, eu como por você".

Você passa a quentinha pra ele, abre o papel do doce e fica imaginando o que será que a Zul fez para o almoço, hoje.

Quando todos terminam de comer começa a sucessão de arrotos. Dos tipos mais variados, desde verdadeiros rugidos até discretos sons sibilantes. Gente fina é outra coisa!

Aí, novamente aparece o Alcione. Ele pergunta o nome e o telefone do seu pai e você diz. Pergunta, também, se quer que lhe peça para trazer alguma roupa, e você diz que seria ótimo.

Algum tempo depois ele volta trazendo roupas suas: uma calça *jeans*, um par de tênis e uma camiseta, e o dinheiro que você tinha deixado guardado. *(Conferiu?)*

Manda você se vestir rapidamente e ir com ele. Você entra numa sala onde estão sentadas várias pessoas, sendo que duas delas você conhece muitíssimo bem: seu pai e sua mãe. Ele, de cara amarrada; ela, escondendo as lágrimas num lencinho. Outras três você conhece do passeio de viatura: os marginais que meteram você nessa roubada. E, num cantinho, uma velhinha, que lhe é apresentada como "a lesada".

Um homem de terno e gravata, com cara fechada, pergunta se você já viu os tais três na sua vida e você diz que somente quando foi preso juntamente com eles.

Sua mãe começa a soluçar mais alto. O homem de terno, que é o delegado, pergunta qual a sua ligação com aqueles três elementos. E você conta toda a história, novamente.

Quando você termina, ele olha fixamente para você e... a gente faz outra parada, pra você decidir o que o delegado faz.

Você faz a sua opção e vai para a FASE 5.

- Se você acha que o delegado de polícia acreditou na sua história e vai libertá-lo, pois, sabe que você é um cara de boa família e excelente formação moral, vá para a próxima página.

- Se você acha que o delegado já está mais do que acostumado a escutar "caozada" de malandro e que não vai ter nem um pouquinho de consideração com você nem com seus pais, vá para a página 102.

- Se você acha que essa história de delegacia de polícia já deu o que tinha que dar e está mesmo a fim de curtir outro lance, tem duas opções:

  Volte para a página 13 e recomece.
  Retorne à página 18 e faça nova opção.

O delegado, felizmente, é um homem sério. Entendeu a sua história e, mais importante, acreditou piamente nela. Até porque a pobre velhinha fez um discurso, afirmando que "esse menino não estava com esse bando de marginais; não foi ele que me assaltou". Mas, mesmo assim, o delegado diz que vai "tomar a termo as suas declarações; mas você não precisa se preocupar, porque você vai ser ouvido na qualidade de testemunha, certo?".

O delegado dita para o escrivão tudo o que você contou. Os dedos ágeis do rapaz martelam a máquina de escrever, reproduzindo um som que mais parece rajada de metralhadora. Quando ele termina, pede que você leia e assine, assim como seu pai, já que você é menor. Aí ele pega o dinheiro que está sobre a mesa e pergunta se tem alguma quantia que ainda pertence a você. A pobre velhinha já recebeu a parte dela que havia sido roubada pelos meliantes, mas, mesmo assim, ainda ficou muita grana. Provavelmente, de outros assaltos praticados pelos ladrões.

Você olha para ele e...

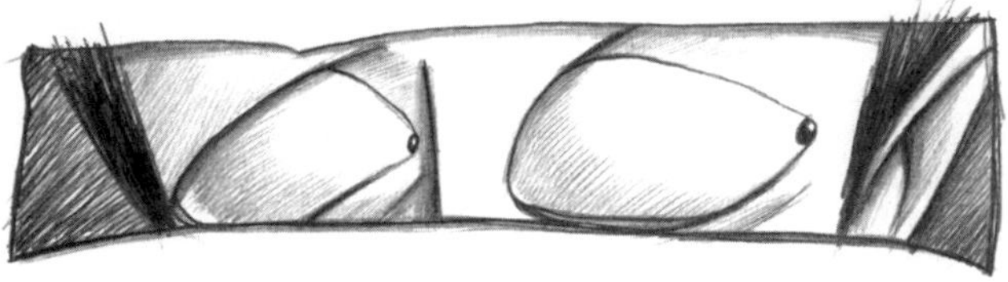

Aqui, outra parada técnica, pra você decidir o que vai dizer ao doutor e ir para a FASE 6.

- Se vai dizer que a quantia que tinha no bolso era somente "... centos reais", e que já está com você, vá para a página seguinte.

- Se vai dizer que toda aquela grana lhe pertence, mesmo não sendo verdade, porque passou maus pedaços e acha que deve ser indenizado por isso, vá para a página 104.

Escolheu a segunda opção? Tem aí aquele Código Penal do Coisas muito úteis? *Que tal procurar o artigo 342? Dê uma lida! Quem sabe, depois você não prefere dizer a verdade?* Não? *Então, meu amigo, lavo as minhas mãos. É tudo com você.*

Você diz em alto e bom som que não, senhor, que o dinheiro que você retirou do caixa eletrônico está com você, como ele bem pode comprovar. E você retira a grana do bolso e exibe para o doutor.

O delegado dá um breve sorriso.

Acho que ele aprovou a sua honestidade.

Estende a mão para o seu pai, desejando uma boa tarde, acena com a cabeça para sua mãe, que, graças aos céus, parou de chorar e olha para você. Bate levemente no seu ombro e diz que você é um garoto decente.

Vocês deixam a delegacia de polícia aliviados. Seu pai parou o carro um pouco longe, mas você nem se importa. Uma caminhada livre é sempre um bom negócio.

Quando vocês entram no carro, seu pai pergunta aonde você quer ir.

Você pensa um pouco, avalia o seu dia, confere a sua disposição e, então...

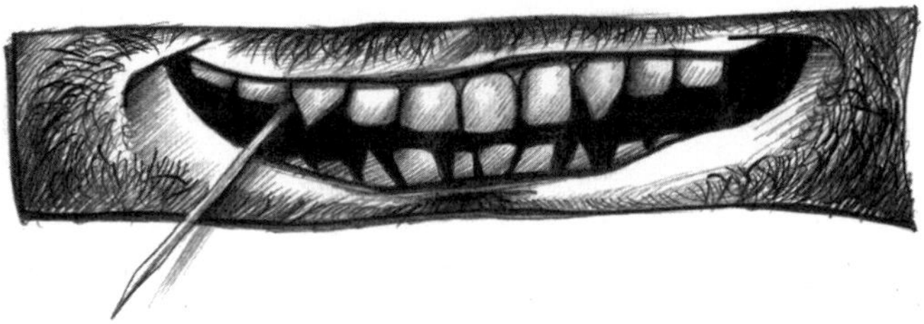

- ...pede para ele deixar você em frente ao consultório do doutor Roberto. Então, retorne à página 25.

- ...pede que ele deixe você na biblioteca. Por favor, volte à página 19.

- ...pede para ir diretamente para casa, porque precisa descansar. Assim, pegue uma carona na continuação de uma outra história e vá para a página 35.

- ...pede para ir à loja pagar a prestação porque, afinal de contas, você é um homem, não um rato. Então, vá para a próxima página e prossiga.

Quer testar sua sorte? Jogue a moeda do Coisas convenientes.

Seu pai para o carro bem em frente à loja. Você dá um beijo na sua mãe e diz "fique tranquila, mãe, eu estou bem", quando ela começa a desfiar um rosário de lamentações e preocupações com você.

É, meu amigo, mães são sempre iguais. Estão sempre preocupadas com os filhos. A minha também é assim. Aliás, eu também sou assim com o meu filho.

Dá um tapinha no ombro do seu pai, diz "valeu" e aceita o dinheiro extra, pra fazer um lanche. Sorridente, entra na loja de eletroeletrônicos. Dá uma olhada disfarçada para ver se tem algum elemento suspeito ali dentro, enquanto se dirige ao fundo da loja e entra na fila.

O tempo passa e a fila anda devagar. Seu estômago está roncando de fome *(não comeu porque não quis)* e você começa a sentir a irritação crescer. Você faz muxoxos, como se estivesse chupando bala, em protesto. Mexe o corpo para um lado, para o outro, levanta a cabeça e examina o teto, coça a cabeça e, quando já não está aguentando mais aquela espera, olha para trás e vê uma gatinha loura e linda bem ali, diante de você. Ela dá um sorriso tímido e você retribui. Aí, puxa papo. "Essa fila não anda, não é? Você também vai pagar a prestação? Sério? Qual a configuração do seu? Puxa, que coincidência, igual ao meu! Não, eu não fiz nenhum curso, estou aprendendo errando, mesmo, ah, ah, ah. Você tá a fim de um sorvete ou um suco, quando a gente sair daqui? Quer dizer, em algum momento eu acho que a gente vai sair daqui – ou não? Ah, ah, ah..."

É, meu amigo, você deu sorte, hein? Agora nem se importa se vai ficar aí parado na fila feito um dois de paus. Legal. Espero que você curta a gatinha, assim como espero que você tenha curtido o livro. Pra você, esta história chegou ao final. A história escrita, porque o lance da gatinha é com você. Espero que, se for legal, você fique um tempo com ela.

Um beijão no fundo do seu coração e muito boa sorte com a gatinha, valeu?

Seu otimismo é um verdadeiro espanto. Mas, já que é assim que você quer, vamos em frente.

O alourado olha bem dentro dos seus olhos, uma cara de meter medo em fantasma. Você recua, sem saber o que está por vir. Aí ele chega bem perto de você e, grudado no seu rosto, cuspindo na sua cara, pergunta:

– Conhece aquela do frango?

Você fica sem entender nada. O cara perguntou o quê? Ele é maluco? O outro começa a rir. E o alourado começa a contar:

– Dois frangos voavam distraidamente. Um cara viu e disse pro outro. "Frango não voa". Um frango caiu e o outro continuou voando. Sabe por quê? Era um frango a passarinho. Ah, ah, ah...

Você fica sem entender onde está a graça. Os dois rolam de rir. Você está cabreiríssimo. Mas, mesmo cabreiro, esboça um sorrisinho. Aí, o alourado começa a contar:

– E os dois sapos que voavam junto desse frango? Um também caiu e o outro continuou voando.

Você olha esperando outra falta de graça. Aí o sujeito completa:

– Um dos sapos era surdo.

Novamente um montão de risadas. Você, dessa vez, até deu um risinho mais solto. Discreto, mas deu.

E a sessão de piadas continuou. O moreno atarracado, de cabeça raspada, deu o ar da graça:

– Conhecem aquela do Cabral? Na manhã seguinte do descobrimento do Brasil, o marinheiro foi acordar Pedro Álvares Cabral: "Dom Cabral, Dom Cabral, Frei Henrique de Coimbra mandou chamar o senhor para assistir à primeira missa". Respondeu Cabral: "Tô muito cansado. Diz pra ele que eu vou na das dez!".

Mais risadas. Você melhorou o riso. Até mostrou os dentes. Aí foi a vez do alourado novamente:

– E a do acidente em Portugal? Em Portugal aconteceu um acidente, no qual morreram duzentas pessoas. Cem morreram no acidente. As outras cem, na reconstituição do acidente.

Aí, você não aguentou e rolou de rir. Cara, até que ficar na cadeia não é tão ruim como se pensa. E o atarracado já estava se preparando para mais uma, quando o Alcione chegou novamente, trazendo uma bandeja cheia de sacolinhas e copos descartáveis com canudinhos espetados:

– Olha o lanche, rapaziada. X-tudo com refrigerante e batatinhas!

Valeu, gente boa!

Depois do rango, o Alcione tornou a aparecer:

– Aí, novato, o delegado está mandando você subir pra explicar aquele lance, valeu?

Valeu!

Você está diante do delegado, um cara de terno e gravata e expressão sisuda.

Ele manda você sentar e pergunta o que foi que aconteceu. Você começa a contar a história, enquanto uma moça vai datilografando tudo o que você fala. Quando você termina, a moça retira o papel da máquina e entrega ao delegado. Ele assina, manda um homem assinar – um homem que somente agora você percebeu que estava presente, e depois passa o papel e a caneta para você, mandando que assine. Você pergunta se pode ler o que está assinando e ele diz que poder pode, mas não vai fazer nenhuma diferença.

Aí você fica cabreiro. Tudo bem que você está numa situação delicada, mas seu pai sempre disse que nunca se deve assinar nada sem antes ler e reler. Então, você lê. Bem, ali está mesmo escrito tudo o que você falou, tim-tim por tim-tim.

O delegado se aproxima de você, e a moça da máquina de escrever se encolhe, com uma cara apavorada.

Epa, será que o cara é violento?

Ele diz que não tem tempo a perder e manda você assinar de uma vez aquela droga, senão... Sem pensar duas vezes, você se debruça sobre o papel e assina. Seja lá o que Deus quiser.

Aí ele manda o Alcione levar você de novo. Alcione pergunta: "Para onde?" O delegado dá um soco na mesa, quase matando todo mundo de susto.

– Como "para onde?" – pergunta ele, imitando a voz do Alcione.

Aqui, a gente dá uma paradinha e você escolhe para onde vai. Assim, passa para a FASE 5.

- Se você acha que o delegado mandou o Alcione levar você de volta para a carceragem, vá para a próxima página.

- Se você acha que o Alcione recebeu ordem de levar você até a porta da DP, dar um chute no seu traseiro e, depois, jogar você na rua como se fosse um bicho sarnento, vá para a página 94.

- Se você acha que o delegado quer que o Alcione leve você para a sala de torturas, vá para a página 96.

Muito bem, você foi reconduzido à carceragem. Acho que, a essa altura, já deve estar na sua vez de contar uma boa piada, antes que chegue o jantar.

O Alcione destrava a porta, você entra e é aplaudido de pé por seus companheiros. Bem-vindo ao grupo, camarada!

O festival de piadas já pode continuar. Você já está mais do que descontraído, completamente à vontade entre as grades e os outros presos, tudo gente boa. Quem foi que disse que cadeia é o pior lugar do mundo?

Mas, de repente, as risadas morrem na garganta. Seus companheiros engraçados e gente boa se afastam, buscando abrigo no fundo da cela. Um cara estranho, que você nem tinha notado, se levanta e vem andando na sua direção. O cara mais parece um touro, de tão forte que é. Não é possível que aquele monstro seja menor de idade. Não pode ser. Bem, mas deve ser, porque você está numa cela especial para menores de idade, como determina o Estatuto da Criança e do Adolescente. Ele para diante de você e pergunta: – Qual é a sua, garotão? Você é bandido mesmo ou está aqui de X9, pra passar informações pros homens?

Você sente um arrepio percorrer seu corpo. Olha para o tamanho do cara e para os olhos dele e vê que ele está falando sério, muito sério, ou seja, está achando que você é bicho solto.

É, meu amigo, acho que a sua hora chegou. Esse cara não tira os olhos de você, e o olhar dele tem uma expressão muito estranha.

Cuidado com ele! Ele está cheio de rancor. Ele vive fazendo discursos contra tudo e contra todos. E parece que ele tem alguma coisa escondida na mão direita.

PARADA TÉCNICA para você escolher como continua esta história e entrar na FASE 6.

- Se você vai encarar o sujeito, responder que não é nem uma coisa nem outra e dane-se o que ele pensar porque você não vai bancar o covarde e, se ele não gostar, azar, porque você vai encarar o bicho seja lá o que ele tenha na mão, vá em frente e encontre essa fera na página 98.

- Se você nunca foi bom de briga, não está em forma e está impressionado e apavorado com o tamanho e as péssimas intenções do cara e não vai pagar pra ver como isso acaba, até porque está com um pressentimento funesto, sugiro que volte à página 90 e faça outra escolha. Ou, então, à página 13. E a gente se vê lá.

O Alcione leva você até o primeiro andar, em direção à porta. Vocês descem os oito degraus da escada e ele, com certa delicadeza, coloca você na frente dele. Quando você menos espera, recebe um chutaço no traseiro, que o arremessa pela calçada, catando cavaco, quase caindo, indo aterrissar no meio da rua, onde quase é atropelado.

Você se levanta rapidamente, se esquiva de um e outro carro e de uma bicicleta, e corre de volta para a calçada. O Alcione ri e faz um aceno, dizendo: “Dane-se!”.

Você sai andando em frente, olhando disfarçadamente para trás, para não tomar bola nas costas, o traseiro magro doendo, mas, felizmente, livre.

Aí, você anda mais um pouco e, quando tem a mais absoluta certeza de que está em segurança, não resiste: dá um pulo para cima, estende os braços e grita: VIVA A LIBERDADE!

E, já que está livre, você pode escolher o que quer fazer – ou o que não quer. Vire a página.

- Se está cansado e nem um pouquinho a fim de continuar lendo, sugiro que feche o livro e tire um cochilo. A história terminou. Depois, dê um pulinho na página 115, pra gente se despedir.

- Se ainda está com pique para continuar lendo, volte à página 13 e faça nova escolha. Ou, se preferir, vá para a página 14 e siga lendo até a 18. Aí, faça uma escolha diferente da anterior, mas continue no lance policial. Assim, continuamos juntos na história, ok?

O Alcione conduz você, puxando-o pelo elástico da bermuda, por um corredor comprido. À medida que você se aproxima de uma porta, escuta gritinhos e risadinhas.

Para onde será que esse cara está levando você?

Você não tem a menor ideia, mas está bastante preocupado com essa sala de torturas.

Diante de uma porta ele para e faz você parar. Abre a porta e empurra você para dentro de uma sala minúscula, onde tem uma tevê ligada passando um filme infantiloide e uma cadeira diante dela. Ele faz você sentar, prende seus braços no encosto com as algemas e sai da sala, trancando a porta. Você fica ali, assistindo ao filme. Quando ele acaba, recomeça. Acaba mais uma vez e, mais uma vez, recomeça. E de novo. De novo. De novo.

Seus braços doem por causa da posição incômoda. Mas o pior é o filme. Você não aguenta mais os risinhos e os gritinhos. E ele continua passando, recomeçando, de novo, de novo.

Você fecha os olhos para se livrar daquilo, mas seus ouvidos continuam escutando os risinhos e gritinhos, de novo, de novo.

É, meu amigo, isso é mesmo uma tortura. E pensar que esse filme é assistido por um montão de criancinhas indefesas, hein? Sorte sua ter crescido.

E, a propósito, essa tortura foi uma cortesia do Alcione só para te deixar bolado porque, na verdade, você já devia estar na rua. O brinde foi "por conta da casa", ah, ah, ah. Você vai ficar por mais uma hora assistindo a esse filme adorável. Divirta-se!

Espero que você tenha curtido a história, a tortura e que ainda tenha fôlego e bom humor para escolher uma outra aventura e continuar lendo. Volte para a página 13.

Quero dizer que foi muito bom ter estado com você.
Um beijão no fundo do seu coração.

Você olha fixamente para o cara grandão, enquanto ele se aproxima de você. Ele esfrega as mãos e passa a língua nos lábios ressecados. E quando ele fica na sua frente, inesperadamente alguém o acerta pelas costas. Ele se vira para o agressor e leva outro soco de direita, certeiro. O barulho surdo e a dor lancinante surpreendem o grandão. A cara dele é projetada para o outro lado. Ele dá um grito de dor.

E cai feito um fardo. Fica meio encolhido, mas mesmo assim recebe um violento chute entre as pernas, dado por você. Tiro e queda. Acertou em cheio. O sujeito se dobra, agarrando o baixo-ventre com as duas mãos. Soa o gongo!

Caído no chão, ainda dobrado sobre si mesmo, ele uiva de dor. O cara que ajudou você – o moreno atarracado – está sorridente.

E chega o Alcione, atraído pelo barulho da luta, perguntando o que aconteceu. Ele arrasta o grandão pra fora da cela e lhe diz que "acabou a condição". E o leva para uma outra cela que, segundo comentários, sufoca. Azar o dele. E sorte a sua, o seu companheiro de cela ter tomado as suas dores, né?

E você, vai continuar na carceragem? Se vai é porque quer. Porque, na verdade, o delegado mandou liberar você. O Alcione só achou que, até seu pai chegar, seria melhor você continuar se divertindo com as piadas. Se é isso que você realmente quer, divirta-se, e FIM. A história termina aqui.

Quero dizer que foi um grande prazer ter estado com você.

Se preferir outros ares, retorne à página 90 e escolha outra opção para terminar sua aventura. Ou volte à página 13. Certo?

Meu amigo, estou enganada ou seu pai é um pouco zangado? E agora, fazer o quê?

Pacientemente, você escuta todas as reclamações que seu pai guardou durante semanas em relação ao seu comportamento e, pior, todas as lamentações sobre os sonhos que ele tinha para você e que não se realizaram, porque você não está nem aí pra nada. Você é uma decepção, ele diz.

Dez minutos depois, ele continua falando. Aí o policial olha para você, que está mudo, com o telefone grudado ao ouvido, e pergunta: – Como é que é, seu pai vem ou não?

Você fica nervoso e, com muito tato, numa das paradas que seu pai faz para tomar fôlego, consegue uma brecha para falar e pede que ele vá até a delegacia. Aí, ele valoriza os trabalhos. E impõe algumas condições, dizendo que só vai se você:

1. se dedicar mais aos estudos, tirando boas notas e tendo um comportamento exemplar;

2. cuidar mais da sua higiene e dos seus objetos pessoais, arrumar o seu quarto e não deixar as suas coisas largadas;

3. dar um tempo nos telefonemas, porque a conta está nas alturas e, afinal, você não contribui com nada para a receita da casa; e, finalmente,

4. ser mais educado e não responder mal aos adultos.

Ok, aí estão as condições. É pegar ou largar. E você, vai...?

É, você não tem outra saída a não ser, dizer: – Tudo bem, pai, como você quiser mas, por favor, vem me tirar daqui.

Quinze minutos depois, seu pai entra na delegacia. Você está lá, sentado num banco, cabeça baixa, coração apertado. Ele se dirige diretamente aos policiais do plantão, conversa, acena com a cabeça, olha algumas vezes para você, faz umas caras esquisitas, até que, finalmente, vai para perto de você e diz que a sua sorte foi a velhinha dizer que você não fazia parte do grupo que a assaltou.

Essa velhinha foi superlegal, hein?

Vocês saem da delegacia em silêncio e fazem, também em silêncio, todo o trajeto até em casa. Ele guarda o carro na garagem e vocês pegam o elevador. Quando vocês entram no apartamento, a Zulmira vem lá de dentro, perguntando o que aconteceu. Seu pai olha pra ela e manda que ela encha a banheira com bastante água morna e coloque uns cinco punhados de sal grosso lá dentro.

Cara, acho que seu pai surtou!

Vagarosamente, ele retira o cinto do passador da calça e manda você ir andando na frente, para o seu quarto.

Surtou sim! E eu saio de cena porque não gosto nem um pouquinho do que está por acontecer. Mas antes, desejo a você boa sorte. E quando a barra aliviar, se quiser passar o tempo, volte à leitura e, como sugestão, procure a página 13.

Puxa, amigo, que pena que você desistiu da leitura. Nós tínhamos tantas aventuras pra viver juntos.

Vai mesmo desistir definitivamente ou apenas por alguns momentos?

Bom, você escolhe o que fazer. Mas, pra fazer a minha parte, aí vai o final.

FINAL

O Roberto está com uma máscara de lobisomem, os dentes arreganhados e a cara repuxada. Você nem acha graça nem fica com medo. Ele, meio envergonhado, pergunta para você o que é que está pegando e você diz que "não é nada, não". Você se levanta da cadeira, olha seriamente para ele e fala que "volta outro dia, quem sabe, para apertar os parafusos", e sai sem dizer *tchau*.

Ele fica lá, com cara de babaca, e você vai embora. Na rua, você chuta o que encontra pela frente, tentando extravasar o seu mau humor. E faz planos para, quando chegar em casa, procurar no catálogo telefônico um outro dentista.

Ih, acabou tão rapidinho que eu quase esqueci de dizer que, ainda que por pouco tempo, foi um prazer ter estado com você. Um beijão no fundo do seu coração.

O delegado vem caminhando na sua direção, cerrando os punhos. Você se encolhe na cadeira. O rosto dele começa a se contorcer e ele aperta os lábios até ficarem brancos e imperceptíveis.

Epa, acho que está ficando meio esquisito pra você.

Quando ele já está bem perto, se abaixa e fica com o rosto na altura do seu. Cuspindo um pouco na sua cara, ele começa a gritar, enquanto o rosto vai ficando cada vez mais rubro, até atingir o roxo.

– Qual é, moleque, tá de "caozada" comigo? Tá pensando que eu sou otário? Tá achando que eu não reconheço vagabundo quando vejo um na minha frente? O que que há?

É, acho que ele não acreditou na sua história. Mas é isso. Nem sempre as coisas são justas, certo?

Ele se vira para uma moça que está sentada atrás de uma máquina de escrever e manda que ela escreva tudo o que você acabou de dizer. Depois, manda que ela faça um ofício encaminhando você para o Juizado da Infância e Juventude, para ser apresentado à doutora Zeni.

E aqui, meu amigo, eu tenho que levar um papo com você. Você conhece essa juíza de menores? Não? Pois eu conheço. Ela é o terror da cidade, o desespero dos adolescentes. A mão dela é tão pesada que, quando bate o martelo, faz um buraco na mesa. Ela é maligna, sinistra, aterrorizante. Cuidado com ela!

Os policiais conduzem você até o fórum, proporcionando-lhe mais um passeio de viatura. Seus pais vão no seu próprio carro. Você é levado ao gabinete da juíza e, então, se vê diante dela.

A imagem não podia ser mais estranha: gorda, ou melhor, imensa de gorda, os cabelos grisalhos desgrenhados, óculos equilibrados na ponta do nariz comprido e curvado. Uma verdadeira bruxa.

Ela lê atentamente os documentos que o delegado encaminhou e, vez ou outra, olha na sua direção. Você está de pé diante dela. Seus pais estão esperando no corredor. Um tempo depois, ela abandona os papéis e volta a atenção para você. E diz que vai arbitrar a sua punição, que pode ser, entre outras, entregar pão todos os dias, às seis da manhã e às três da tarde, para o café das crianças do orfanato; ou, então, ajudar diariamente na limpeza dos banheiros do hospital dos tuberculosos; ou, ainda, trabalhar diretamente com ela, naquele gabinete com ar-condicionado, tapete felpudo, uma tarde por semana, das catorze às dezesseis horas.

Você fica desesperado. Qual será a punição que essa megera vai lhe dar? Finalmente, ela decide. Você vai trabalhar todas as quartas-feiras com ela, levando papéis daqui pra lá, trazendo de lá pra cá. Certo?

É, meu amigo, hoje não é seu dia de sorte. Trabalhar com essa juíza é a pior punição que alguém pode receber. Mas não se desespere. É somente por um ano. Passa rápido. Ah, ah, ah.

Bem, valeu a companhia, espero que você tenha curtido a história. A gente se vê (ou lê) por aí. Um beijão no fundo do seu coração.

Ei, francamente, hein? Aquele dinheiro todo não era seu. Mas foi isso que você escolheu, certo? Então...

Você diz que sim, que era exatamente aquela quantia que trazia no bolso quando tudo aconteceu.

O delegado manda o escrivão fazer um auto de entrega do dinheiro a você e seus pais assinam como testemunhas. Você recebe o dinheiro e o coloca no bolso, sem contar. Seu pai nem se tocou de ler o documento que assinou, nem sua mãe. Ótimo, melhor assim.

Depois dos apertos de mão de praxe, vocês deixam a delegacia. Seu pai pergunta para onde você quer ir e você responde que "por aí".

Você tem planos, grandes planos. Comprar dólar? Viajar? Quem sabe investir em gado? Ou torrar tudo na esbórnia? Com toda essa grana no bolso, plano é o que não vai faltar.

Mas, se você se arrepender de ter ficado com um dinheiro que não é seu, pode voltar à página 83 e tomar uma atitude decente. Caso contrário, faça bom proveito. Só quero ver como é que você vai explicar para o seu pai essa grana, porque do banco você não sacou, certo?

Quero dizer, amigo, que foi um grande prazer ter estado com você. Um beijão bem grandão no fundo do seu coração.

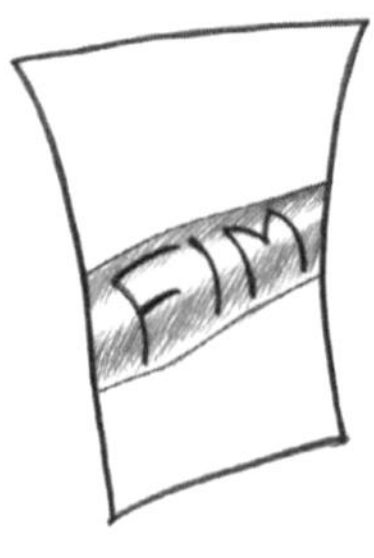

Você continua procurando os livros do seu autor favorito. Nada de novo. Que pena!

Você vaga entre as estantes enfileiradas, olhando distraidamente as lombadas para ver se encontra alguma coisa interessante. Dobra à direita, segue um pouco adiante, vira à esquerda, torna a quebrar à esquerda, anda mais um pouco e, de repente, percebe que não tem a menor ideia de onde está. Já não dá mais para ver a dona Wilma nem o balcão da biblioteca. Estranho...

Você anda mais um pouco, tentando se situar, mas parece que cada vez vai ficando mais sem direção. Caramba, isso aqui está parecendo um labirinto.

Parecendo? Acho que você está num labirinto!

De repente, as luzes da biblioteca se apagam. Apesar de ser dia, as prateleiras das estantes projetam sombras nos corredores estreitos. A visibilidade é pequena, já não é possível ler os títulos das obras. Você continua andando, tentando voltar, mas esbarra com estantes colocadas perpendicularmente, que barram o seu caminho e o obrigam a mudar a direção. Você já está começando a ficar nervoso.

Tem aí o lenço do *Coisas muito úteis*?

Você resolve acelerar o passo e usa um artifício que sempre dá certo: andar com o ombro direito encostado à parede, sempre, até encontrar uma saída.

Você anda-corre, passando pelos corredores sombrios, mantendo-se junto das estantes. Anda-corre, anda-corre, e nada. Não vê nenhuma saída se descortinando diante de você.

Não é possível, você pensa. Ninguém se perde dentro de uma biblioteca, por maior e por mais desconhecida que ela seja.

E é nesse momento que você escuta um tropel. A princípio, parece distante. Você apura os ouvidos para determinar de onde vem aquele som estranho e percebe que ele está se aproximando, cada vez mais, mais e mais.

Você começa a ouvir também um som de respiração forte, resfolegante, ruidosa, arquejante.

Uma ideia maluca toma conta da sua mente. Você pensa numa lenda, na história de um ser com corpo de homem e cabeça de animal, que vaga por um labirinto. Você pensa na lenda do Minotauro.

Não faltava mais nada: você no maior sufoco, e sua cabeça contribuindo com pensamentos assustadores.

Eta cabecinha amiga, hein?

Você decide correr por entre as estantes, procurando se afastar o mais que pode do som que chega até você. Continua com o lado direito do corpo encostado nos livros e começa a rezar e a fazer promessas para que a saída apareça. Por favor, saída, APAREÇA!

E, então, subitamente, uma sombra alta aparece na sua frente.

Ele é grande, de porte altivo. O corpo é de homem, mas a cabeça é de animal, mais precisamente de um touro. Uma cabeça imensa, com chifres pontiagudos e retorcidos. Você fica em pânico. Suas pernas não obedecem ao comando do seu cérebro, que manda que elas corram, corram, corram. Você está lá, diante daquilo, sem conseguir sair do lugar.

Até que aquela coisa vem andando na sua direção. Aí, seu coração dá um salto, e suas pernas, outro. E você se vira e corre na direção oposta, tentando fugir. Ele corre atrás de você, esbarrando em livros, derrubando-os no chão. Você continua correndo, amaldiçoando-se por ter tido a infeliz ideia de procurar um livro para ler.

Agora é tarde, amigo!

Você vira à direita, à esquerda, novamente à direita, de novo à esquerda, segue em frente e, quando menos espera, uma porta surge diante de você. Você não tem tempo de pensar no que fazer, porque não consegue parar suas pernas. Empurra a porta com o corpo e, também com ele, bate a porta às suas costas. E a luz do dia invade seus olhos. Você está na rua, a salvo, na parte lateral da biblioteca.

Ainda com o coração aos saltos, você sai andando devagar, sem rumo. Pouco importa para onde você vai. Felizmente, está seguro.

Você continua caminhando, e eu vou me despedindo, dizendo que foi muito bom ter estado com você. Um beijão no coração.

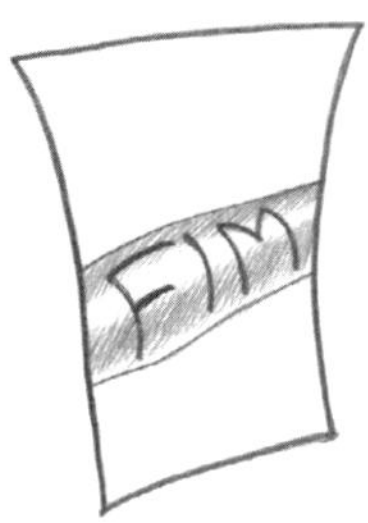

Foi você quem escolheu esta opção. Portanto, não pode me responsabilizar pelo que venha a acontecer, certo?

Tem aí com você a medalha, o crucifixo, a estaca de madeira e os dentes de alho do Coisas muito úteis?

Você abre o livro e fixa os olhos na página de rosto, onde está escrito o nome da obra e o nome do autor. Estranhão, esse livro!

Folheia as páginas até encontrar uma ilustração, feita em bico de pena, que mostra um salão imenso, de teto alto, com longas cortinas escuras. O lugar está praticamente vazio, com exceção de uma mesa grande no centro do aposento, circundada por castiçais com velas acesas. Sobre a mesa tem uma caixa grande, comprida, parecendo um caixão de defunto. E é.

Você aproxima o rosto daquele desenho e, subitamente, percebe um movimento na chama das velas, como se, de repente, alguma porta tivesse sido aberta e deixado entrar uma lufada de vento.

Caramba, que coisa doida, essa! Desde quando ilustrações em livros têm movimento?

Você repara que as cortinas também estão balançando. E acha que deve estar ficando maluco. Só pode ser. Você volta sua atenção para a mesa, mais especificamente para o caixão e, aí, seu coração para. A tampa está se abrindo, vagarosamente, bem ali, diante dos seus olhos, e uma mão surge na fenda negra da abertura.

Nesse momento, você sente um cheiro enjoativo de fumaça de velas. Olha ao redor e vê que, incrivelmente, você está dentro daquele salão, bem ao lado de um caixão de defunto.

A tampa continua se abrindo e seus olhos, se arregalando.

E a gente dá uma paradinha, não uma parada técnica, apenas um tempo para que eu diga a você o que está acontecendo.

Meu amigo, no caminho que você escolheu não há opções de SIGA ATÉ... ou VOLTE PARA... Nem há outras FASES. Você foi transportado (nem eu sei como) para dentro do livro, mais exatamente para dentro desta sala. A partir de agora, você vai ficar um bom tempo por aqui, viver uma grande aventura. É claro que você pode fechar o livro, mas eu, no seu lugar, seguiria adiante. Vai ser emocionante, acredite. Eu vou estar por perto, mas escondida. Estou soltando a sua mão, deixando você por sua própria conta. Mas desejo, do fundo do coração, que você tenha BOA MORTE, desculpe, BOA SORTE.

A tampa continua se erguendo, e um corpo começa a se levantar de dentro do caixão. Você está absolutamente sozinho, ali dentro, sentindo o silêncio pressionar os seus ouvidos. Você começa a andar de costas, sem perder o cadáver de vista, até que encosta numa parede. A essa altura, ele já está sentado no caixão, mas, por incrível que pareça, ainda não viu você.

As cortinas parecem um bom refúgio. Você caminha pé ante pé, pra não atrair a atenção dele, e se esconde atrás delas, ficando somente com um olho atento ao que acontece.

Ele olha para um lado e para o outro, como se estivesse querendo saber onde está. Ele é jovem, de cabelos negros, com grandes entradas. O rosto é fino e o nariz afilado, bem como os

lábios pálidos. Os olhos são negros e profundos, parecendo abismos escuros. Ele veste uma espécie de capa preta, atada no pescoço com um laço.

Engraçado, você tem a sensação de que já viu esse homem em algum lugar, só não lembra onde. Ele, finalmente, se levanta do caixão e flutua no ar, suavemente, até ficar de pé sobre o tapete, no centro do aposento. Então, num *flash* de memória, você lembra: esse homem, bem perto de você, na verdade, é DRÁCULA, O PRÍNCIPE DAS TREVAS, e não estava morto, mas sim, dormindo dentro do seu caixão-cama.

Uma súbita dor de barriga toma conta de você; uma tremedeira incontrolável o balança; seus dentes trincam; seus olhos se arregalam; um suor gelado mela seu corpo; sua boca se resseca e uma sensação de asfixia invade sua garganta.

O monstro começa a se virar, procurando alguma coisa, farejando o ar. Então, ele dirige o olhar para a cortina, atrás da qual você está escondido. Você continua imóvel e apavorado. Ele vem caminhando devagar, a capa ondulando a cada passo, e para diante de você. Num gesto inesperado, ele agarra a cortina e a escancara, deixando você visível, à mercê dele. Um sorriso de triunfo e escárnio se desenha naquela cara. Você tenta se encolher, mas a mão dele, forte como uma garra, segura e ergue você. Você fecha os olhos para escapar da visão aterradora daquela boca aberta que expõe dentes caninos afiados e longos.

A boca procura o seu pescoço, sedenta de sangue quente para se alimentar. Você revira os olhos e então vê, no alto da parede, um pequeno ponto de luz. A luz da salvação!

Você fixa os olhos na luz e, por causa da claridade, pisca repetidas vezes. E escuta uma voz bem junto de você, que diz:

– Achou o que estava procurando?

É dona Wilma, que veio ver o que estava acontecendo.

Você diz que não, que sim, que bem, na verdade...

Isso pouco importa. Se você está confuso diante de dona Wilma é porque ESTÁ NA BIBLIOTECA. Isso é o que realmente importa.

Também pouco importa se você teve uma alucinação ou se foi mesmo sugado pela ilustração do livro. Já passou.

Você se despede de dona Wilma e sai para a rua. Pensa no que vai fazer. Se ainda estiver com pique para ler outra história, sugiro que volte até a página 13 e escolha um novo caminho.

Se está um pouco cansado, tudo bem. Que tal pegar o caminho de casa? E, quando chegar lá, sugiro uma chuveirada para relaxar. Então, você pode dar uma passadinha na página 43, pra gente bater um último (?) papinho, ok?

Ei, se tiver com você o lenço do *Coisas muito úteis*, pode usar.

Aquilo se aproxima de você, se arrastando, as mãos buscando a cara como se estivesse com muita dor de cabeça. Repentinamente, com um puxão, ele retira a máscara, revelando o rosto real, isto é, o rosto do seu dentista. Retira também aqueles sapatos estranhos. Com a mão direita estendida, ele indica um ponto da parede. Você procura ver o que ele está mostrando. E aí começa a escutar um som conhecido.

A princípio, bem baixinho. Aos poucos, vai-se tornando mais forte. O riso do Roberto ecoa entre as paredes do consultório. Ele dá gargalhadas fortes, ensurdecedoras.

Será que ele enlouqueceu?

Finalmente, depois de um tempo de procura, você descobre. Lá no alto da parede, junto da lâmpada fluorescente, uma minúscula câmera meio escondida. Você olha para ele, que continua rindo, e ele fala pra você:

– É isso aí, "mermão". Você está na pegadinha da televisão!

E recomeça a rir. Lá pelas tantas, ele dá uma paradinha, explica que preparou tudo aquilo pra mandar para o concurso de pegadinhas. Quem sabe vocês não faturam uma grana?

Você sorri, meio sem graça. E ele continua às gargalhadas, dizendo que por pouco você não se sujou de medo. Ele ri, mas você não acha a menor graça. Agora, se isso passar na tevê, vai pegar mal, muito mal pra você.

Você se levanta da cadeira e se prepara para sair, proferindo vários adjetivos contra ele.

O Roberto continua rindo e, meio engasgado, diz que foi sensacional ver que você estava a-ter-ro-ri-za-do, a-pa-vo-ra-do, de-ses-pe-ra-do.

Você fica injuriado, irado. O que ele faria no seu lugar? Será que iria ficar tranquilinho da silva?

– Vai se ferrar, Roberto!

Você deixa o consultório com uma leve ideia na cabeça. Uma ideia que você vai amadurecer durante seis dias e, no sétimo, vai usar para devolver com juros e correção essa brincadeirinha idiota do seu dentista. Ele não perde por esperar. A vingança é um prato que se saboreia frio.

Bem, a história termina aqui. Se você quiser e, claro, se não for atrapalhar as suas maquinações maquiavélicas, volte à página 13 e faça uma nova escolha.

Quero dizer que foi ótimo ter estado com você. Um beijão no fundo do seu coração.

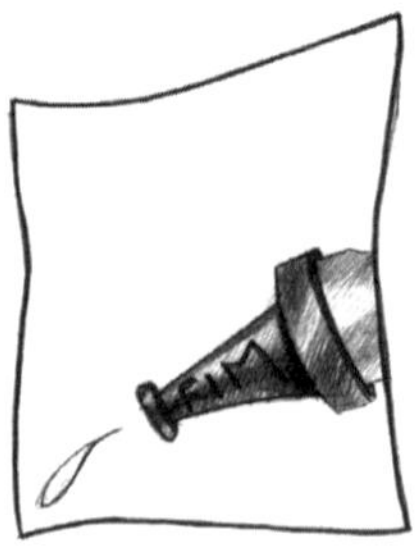

DESPEDIDA

E aí, acordou? Dormiu bem? Descansou bastante?

Então, que tal aproveitar as outras histórias que este livro tem? Vamos lá, tenho certeza de que você vai curtir um bocado de coisas que nós temos por aqui. Acredite.

Retorne à página 13 e recomece as suas escolhas.

Se continua cansado, sem problemas. Foi muito bom ter sido sua companheira de estrada, ainda que por pouco tempo. Espero que a gente se veja num outro livro, em outra ocasião.

Pra você, amigo, um beijão bem grandão no fundo do seu coração.

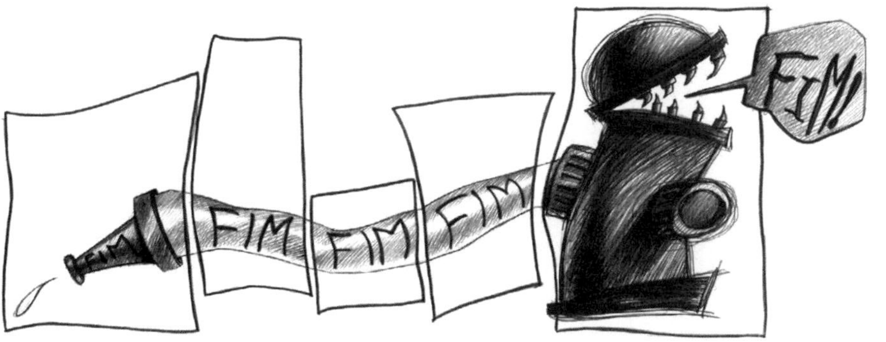

INSTRUÇÕES

Meu amigo, ler esta história é bem simples. Você começa preferencialmente pelo começo e segue até o ponto em que a gente dá uma PARADA TÉCNICA. Aí, surgem opções para você escolher como prosseguir, se por um caminho ou por outro.

Você vai seguindo e, a cada vez que a parada aparece, opta e segue.

Nada de grilos se, ao fazer uma escolha em determinada fase, você for conduzido a outra com numeração anterior. Desconsidere o detalhe e "toque o enterro", ok?

Algumas das histórias são curtíssimas, outras mais longas. Mas não se preocupe. Caso você chegue ao final e ainda esteja com pique para continuar lendo, é só retornar ao início e fazer escolhas diferentes. Você vai ler um montão de histórias num único livro.

Entendido?

Então, prepare-se.

SUA AVENTURA VAI COMEÇAR. BOA SORTE!

PROCURADO
FOTO 3x4
POLEGAR DIREITO
17171

HELP

Oi, tá esperando o dicionário? Deve ter um na gaveta do quarto, ou quem sabe naquela estante da sala, onde a televisão fica misturada com livro, videocassete, *DVD player*, livro som DVD livro CD livro... Pode ser que você tenha emprestado pra algum amigo... Nunca abriu mesmo, não é? Sempre dá pra dar uma "sacada" pelo contexto... Além do mais, tem palavra demais neste mundo. Eu sei.

Tá legal... tá legal... entendo seu raciocínio. Mas vou convidar você pra participar de um joguinho comigo. Eu dou um contexto recheadinho de palavras. Se você não sacar "a coisa", prepare-se para se levantar e começar a procurar o famigerado livrão, ou então liga praquele colega que, de tanto que gosta de um, já está na letra F. (Não é à toa que você sempre o achou meio pirado.)

Ah, ia esquecendo. Aproveite, depois, pra deixar o dicionário bem pertinho de você. Assim você não precisa gastar seu cérebro brilhante quando precisar de um *help*.

Então, o contexto e o texto: um velho professor grita bravamente para um ladrão que entrou na casa dele: "Não é pelo estentório rebentar de meus tímpanos que vos interpelo, mas pelo ato sorrateiro de embrenhar-se em meu alcácer. Homem de sete ofícios! Amigo do alheio! Acaso conjugas o verbo *rapio* em todos os seus tempos? Sem pejo ou indulgência, pandilheiro, bater-te-ei com minha bengala metálica e transformarei sua massa cefálica em cinzas cadavéricas".

Entendeu tudinho?

Meu amigo, melhor voltar para a página 5 com um dicionário debaixo do braço, e, de preferência, colocá-lo na lista de Coisas muito úteis *da página 6.*

A autora

Oi, eu sou a Lilian Sypriano, autora deste livro, e quero dizer que é um prazer conhecer você.

E aí, leu o livro todo? Todinho?

- Se não leu, quero dizer que lamento. Você não sabe o que perdeu.
- Se leu e gostou, adorou, amou, fico super, hiper, mais que feliz.
- Se leu e não gostou, detestou, odiou, tenho sugestões para você.

Você pode:
1 – Dá-lo de presente ao seu maior inimigo.
2 – Entrar com uma queixa junto ao Procon de sua cidade para ter seu dinheiro ressarcido, já que você comprou gato por lebre.
3 – Escrever uma carta para a autora (via editora) externando toda a sua indignação por ter sido ludibriado na sua expectativa de leitura.

Agora, independentemente de sua opção, devo dizer que vou continuar escrevendo para você e para outros leitores porque, na verdade, eu adoro escrever.

Um beijão e a gente se vê por aí.

A ilustradora

- Se você olhou para as ilustrações deste livro e disse "Pô, véi, sinistro, aí!" e decidiu ler a biografia para saber quem foi a responsável por tais imagens atrozes, "MEUS PARABÉÉÉÉNNNNSSS!!!!!!!!" Isso indica que você é "sangue bom"! Então vá até o livro *Coração acelerando*, desta mesma coleção-autora-editora, e leia a biografia da ilustradora.

- Se você acha que as informações lá contidas são irrelevantes, ultrapassadas, ligue para 0800-0117875 e reclame com a editora.

- Se você não entendeu nada e achou tudo "paia", que "eu não passo de uma impostora!", então... "VAI CATÁ LATA".

SOBRESSALTO!

Coleção Adrenalina

TEXTO © 2000 LILIAN SYPRIANO
ILUSTRAÇÃO © CLÁUDIA JUSSAN

DIRETORIA EDITORIAL
SONIA JUNQUEIRA

EDITORIA DE ARTE
NORMA SOFIA

ASSISTÊNCIA EDITORIAL
ESTER RIZZO
JAKELINE LINS
LUCAS S. JUNQUEIRA

SECRETARIA EDITORIAL
FLÁVIA ARAÚJO

EDITORAÇÃO ELETRÔNICA
MÁRCIO RIBEIRO (coord.)
BRUNO MARTINS

PREPARAÇÃO
MARGARET PRESSER

REVISÃO FINAL
ELZIRA DIVINA PERPÉTUA

SARAIVA S.A. Livreiros Editores
Rua Henrique Schaumann, 270 – Pinheiros
05413-010 – São Paulo – SP

SAC
0800-0117875
De 2ª a 6ª, das 8h30 às 19h30
www.editorasaraiva.com.br/contato

959110.004.006

Impressão e acabamento: COMETA GRÁFICA